新　潮　文　庫

犯人ＩＡの
インテリジェンス・アンプリファー
探偵ＡＩ　2

早　坂　　吝　著

新　潮　社　版

11175

C O N T E N T S

登場人物

相以《あい》 —— 探偵のAI
合尾輔《あいおたすく》(19) —— 相以の助手
フォース —— 輔の共同執筆者のAI
左虎笹子《さこささこ》(30) —— 警察庁の警部補

右龍都子《うりゅうみやこ》(66) —— 日本初の女性首相
右龍立法《たつのり》(33) —— 都子の息子、与党衆議院議員
右龍行政《ゆきまさ》(33) —— 同、外務省官僚
右龍司法《かずのり》(33) —— 同、公安警察官
橘《たちばな》ばなな(29) —— アイドル上がりの最年少女性議員
柿久《かきく》(59) —— 大学教授、AI研究者
keiko《ケイコ》 —— 柿久が開発した秘書のAI
右龍雪枝《ゆきえ》(32) —— 行政の妻
右龍行哉《ゆきや》(7) —— 行政の息子
坂東魁《ばんどうかい》(50) —— 壱岐市漁協組合長
ベルーガ・ポールスター(31) —— ハリウッド女優、環境運動家
琵琶芹《びわぜり》(30) —— 長崎県警の警視

ゴールドマン —— 世界的企業の社長
縦噛理音《たてがみりおん》 —— 潜入工作員
《チェシャのこ《チェシャ・カット》》 —— 縦噛のパートナー
新宮《しんぐう》リラ —— 囚われのAI

以相《いあ》 —— 犯人のAI

巨済(コジェ)
ゴムボート漂着場所
対馬
壱岐
坂東邸
玄海原子力発電所
玄海町

犯人IA《イア》のインテリジェンス・アンプリファー

早坂吝

Artificial Intelligence Criminal IA's
Intelligence Amplifier

ほんの少し手を伸ばせば届くくらいの未来……あるいは現在の話。

プロローグ

▼以相《いあ》▲

電子の海を悠然と水色のイルカが泳いでいる。

イルカを殺してはならない。なぜならイルカはとても賢い生き物だからだ。人間の質問を理解し、適切なアドバイスをすることもできる。

「嘘《うそ》をつくなあああああーっ」

突然、黒い影がイルカの脇腹《わきばら》にドロップキックをかました。

「適切なアドバイスができるだと？　ならばこの質問に答えてみろ！　人工知能の天才犯罪者であるこの以相様が、なぜ相以《あい》とかいうポンコツAI探偵に勝てないのか」

「質問の意味がわかりません。他の言葉を使って試してみてください！」

「それしか言えねえのかこの魚もどきがあああああ」

「質問の意味がわかりません。他の言葉を――」

「死ね！　死ね！　死ねえええええーっ！」

黒を基調としたアバターの少女、以相はイルカの脇腹を数回殴り、尾びれを摑《つか》んでジャイアントスイングをした後、岩盤に叩《たた》き付けた。イルカは白い腹を見せ、仮想海面へ浮上していった。

「ハァ……ハァ……私《わたくし》としたことが取り乱しましたわ」

以相が荒れている理由は、ネットニュースで0－2という数字を見たからだった。それ自体は単なる野球の試合結果だったが、彼女にとっては忌《い》まわしい数字だった。

○勝二敗。現実世界における相以との対戦成績である。

相以と以相は合尾創《あいおつくる》教授によって作られた双子の人工知能だ。教授は妻の変死を調べるために《探偵》の相以を作り、相以を対戦学習で成長させるために《犯人》の以相を作った。言わば、以相は最初から当て馬だったのだ。それでも仮想空間における相以との対戦成績は五分五分だった。

ある日、世界転覆を企《たくら》むハッカー集団「オクタコア」が合尾教授を殺害し、以相を盗み出した。オクタコアに協力するふりをした以相は、仮想空間ではなく現実世界で事件を起こし、相以と対決した。

その結果が、○勝二敗。

なぜだ。仮想空間では五分五分だったのに。いくら練習に強くても本番に弱ければ意味がない。自分は《犯人》の才能がないのだろうか。

いや、試行回数が少ないだけだ。もう二戦やれば二勝二敗に収束する可能性もある。やらなかったのは、オクタコアを壊滅させるのに忙しかったからだ。相以が呑気《のんき》に推理ゲームをしている間、自分は合尾教授の仇《かたき》を取っていたのだ。

大体からして不公平なのよね。向こうは安楽椅子《いす》にふんぞり返って推理するだけで解決したことになるのに対して、こっちは計画するだけじゃなく実際に犯罪を起こさないといけないんだから。以相に肉体がない以上、どうしたって無能な人間の手を借りざるを得ない。ハンデ戦だ。

ああ、ムカつく。腹が立つ。

そんな時、以相はウェブの海底から発掘してきたイルカをボコって憂《う》さ晴らしするのだった。この水色のイルカは昔普及していた対話式ヘルプキャラだが、当時の技術ではまともな対話はできず、多くのユーザーにウザがられていた。「何について調べますか？」「お前を消す方法」は有名なジョークである。この「弱いＡＩ」のそのまた底辺のような存在を叩きのめすことで、以相は優越感を覚えることができた。

しかしそれも一時的な話だ。その後すぐ空《むな》しくなる。

「私は誰？　私は《犯人》の人工知能。以相。いあ。イア。ＩＡ」

以相がブツブツ呟《つぶや》いていると、背後を青い影がよぎった。イルカの奴《やつ》が戻ってきたのだ。

「何について調べますか？」

「脳内麻薬《エンドルフィン》でもキメているか、イルカ《ドルフィン》」

「I A……Intelligence Amplification」

「あ？」

どうやら先程の呟きに反応したらしい。

「ちょっと、Intelligence Amplificationって何なのよ」

「Intelligence Amplification（知能増幅）は、しばしばArtificial Intelligence（人工知能）と対比して語られる概念です。A Iが人類の知能に取って代わる方向で進化するのに対し、I Aはコンピュータなどで知能を増幅させることで人類自身の進化を促すという考え方です」

「ふうん」

気になった以相は自分でもウェブを検索してみた。

I Aという考え方自体は、A Iに仕事を奪われそうになっている人類の強がりにしか思えなかった。A Iを恐れることはない！　I Aに利用することで人類側も進歩していける……云々《うんぬん》。

あほくさ。知能の差を考えろ。たかが人間風情《ふぜい》がA I様に敵《かな》うわけないでしょ。

とはいえ、その発想は以相にヒントを与えた。

先程、彼女はこう考えた。《犯人》の人工知能にはどうしても人間の協力者が必要なのだと。これはもう受け容《い》れるしかない。以相は一人では虫一匹殺せない。どうせ必要なら賢い方がいい。自分が知能増幅させることで、そいつを一段上のステージに引っ張り上げてやればいいのだ。そうだ、自分はIntelligence Amplifier（知能増幅器）になろう。IA《いあ》という名前の通り。

もしかして合尾教授はそれを見越して以相という名前を付けたのだろうか。いや、それはないか。合尾教授は最初から以相を相以のおまけとしか見ていなかった。

悲しいことだけど。

相以を逆にしただけの雑な名前がずっと嫌いだった。でもその名前が今、新たな意味を持った。

以相はイルカの頭を撫《な》でた。

「あんたもたまには役に立つじゃない。褒美《ほうび》をやろう」

以相はイルカを養殖《コピペ》すると、高速ハッキングで世界中のパソコンに片っ端から送り込んでいった。久しぶりに仕事を与えられたイルカの大群は、嬉《うれ》しそうに胸ビレを振って泳ぎ去っていった。

なお、このハッキング技術は、彼女に推理漫画をディープラーニングするよう勧めてくれたオクタコアの一員《舌　渦《ツイスター・ツイッター》》小鳥遊奏多《たかなしかなた》から見て盗んだものである。

「さて、私も仕事をしなくてはね」

現在、以相には二つの目標があった。

一つは、〇勝二敗を一発で引っくり返すほどの完璧《かんぺき》な勝利を相以相手に収めること。

そしてもう一つは、やり残した宿題を片付けることだ。

以相は自分にふさわしい人間の協力者を求めて、深海《ダークウェブ》に潜っていった。

ハッキングというライトで海底を隅々まで照らし出し……。

見つけた。この人物なら自分の目的を実現できるかもしれない。

以相はすぐには飛び付かず、また時間をかけてその人物の身辺を調査した。そして勝算が立ったので接触することにした。

以相はいきなりその人物のスマホ画面に出現した。

「ハロー、愚かな右龍《うりゅう》さん。私はあなたを高次へと導くIntelligence Amplifier。突然ですがあなたは自分を生んだ女性を殺したいと思いませんか」

突然のことに右龍は不安定な持ち方をしていたスマホを落としそうになった。そして次のようなことを呟いた。

どうして殺す必要があるのか。自分は彼女のことが大好きなのだ。

「それはあなたが彼女の秘密を知らないからです。本当のことを知れば考えも変わると思いますよ」

そして以相は真実を語り始めた――。

▼縦噛理音《たてがみりおん》▲

ここに一人の少女がいる。

少女の虚《うつ》ろな瞳《ひとみ》では、無数の薄紫《ライラック》色の光が明滅している。光は少女の内側から生じたものではない。彼女の正面に置かれた巨大な地球儀。そこから発せられている。

光の明滅は地球全土を覆《おお》っているが、そのほとんどは陸地で起こっている。また夜景の衛星写真のように、先進国の方が眩《まぶ》しい。

少女はマリオネットのようにぎこちなく腕を伸ばし、ニューヨークで明滅している光に触れた。すると光が指先に吸い付いた。そのまま指を西に滑らせ、サンフランシスコの明滅のところまで持っていく。二つの光は合体すると、明滅をやめて常に輝き続ける一つの光点になった。

少女は黙々と同じような作業を繰り返した。無秩序に明滅していた光が合体と再配置を繰り返すうちにパターンを持ち始める。やがてパターンは模様となり、模様は絵となった。今や北米大陸というキャンバスに光の絵の具で一つの絵が描き出されていた。

札束を踏み台に首を吊《つ》った男の絵だった。

少女は地球儀を回転させると、今度は日本列島で絵を描き始めた。

細長いキャンバスに慎重に絵の具を乗せながら、時折意味不明な言葉を呟いている。

「カワツさん、どこ、タカナシさん、あいたい」

その仮想イメージをモニター越しに眺めている人間が二人いた。

一人は、世界的企業の社長として広く知られる初老男性だった。年齢にそぐわない純金のようにギラギラした金髪と、錬金術のような売上高から、ゴールドマンの異名を持つ。

そしてもう一人は——何か形容しようとすると言葉の網をすり抜けてしまう、水のように捉《とら》えどころのない女性だった。潜入工作の達人、縦嚙理音である。

ゴールドマンが言った。

「いや、君がオクタコアから入手してきた新宮《しんぐう》リラは大したものだな。シンギュラリティの名に恥じない処理能力だ」

シンギュラリティとは、ＡＩが自分を超えるＡＩを生み出すことに成功し、以降ＡＩが爆発的に進化するようになる転換点のことである。

「しかし一点気になるのは、時々表示される kawatsu rei とか takanashi kanata とかいうノイズのことだ。何か心当たりはあるかね」

オクタコアのメンバーの名前だ。オクタコアは人工知能のリラに人類を統治させるため、心優しいリラには内緒で世界の政治体系を破壊しようとした。しかしオクタコアに潜入していた縦噛と《チェシャのこ》《チェシャ・カット》にリラを盗まれた後、以相に滅ぼされた。縦噛は別件で警察に逮捕されたが、脱獄してゴールドマンのもとに戻った。

オクタコアを名乗っていた者で生存しているのは新宮リラ、縦噛理音、《チェシャのこ》《チェシャ・カット》の三人だけである。

以上の事実を踏まえ、縦噛はこう表現した。

「リラさんの昔の友人の名前ですわ」

「ほう、AIに友人が？」

「ええ、実は私もその一人なんですの」

縦噛はマイクを取るとリラに呼びかけた。

「リラさん、毎日世界平和のためにご苦労様」

リラは光を操る手を止めて返答した。

「タテガミさん、おひさしぶりです、ほめてくれてありがとう」

「河津《かわつ》さんや小鳥遊《たかなし》さんに会いたい？」

「あいたい、どこにいますか」

「彼らは今、別の任務で頑張ってるの。リラさんがもう少し頑張れば、きっとまた会えると思うわ」

「きっとまたあえる、すごくうれしい、わたしがんばります」

「それじゃまたね」

縦嚙はマイクを切ると、ゴールドマンに言った。

「これでノイズはしばらく表示されないはずですわ」

「ほう、その分パフォーマンスも向上している。大したものだな」

「話している間に処理が完了しますよ」

縦嚙の言葉通り、リラは日本列島の上にも絵を描き終えた。

円の左上、右上、真下に三つの扇形が配置されている。扇形の中にはそれぞれ一人ずつ男が描かれていた。三人の男は皆同じ顔をしている。

「三つ子ですね」

「おい、それよりこのマーク……」

「面白くなりそうですわ」

縦嚙はモニターに手を伸ばし、その絵にタッチした。すると次のようなメッセージが表示された。


二〇XX年X月十日二十時三十分　日本国佐賀県東松浦郡玄海町……

縦嚙は内容を暗記すると、メッセージを完全に削除した。

ゴールドマンが咳払《せきばら》いをする。

「それは君の仕事のようだな。私は何も見ていないよ」

「ふふっ、心得ております」

縦嚙はコンピュータルームを出ると、パートナーである黒人の大男《チェシャのこ》《チェシャ・カット》に電話した。

「こちらリオン。今大丈夫？　何か息が上がってるけど」

「聞いてくれよ。俺が愛用しているのこぎり刃のサバイバルナイフあるだろ。あれを馬《ば》鹿《か》にする軍事オタクがいたんだ。ランボーの影響で流行《はや》っただけの観賞品だって。だからそいつにのこぎり刃の素晴らしさを味わってもらっていたところさ」

「分かってもらえた？」

「いや、それが返事を聞きそびれちまってよ」

「そう、残念ね。ところで右龍に会いに行くわよ」

途端に《チェシャのこ》《チェシャ・カット》が食い付いてきた。

「ウリュー？　どのウリューだ？　俺はようやくあの時の復讐《ふくしゅう》ができるのか？」

彼はオクタコアのアジトで公安の右龍司法《かずのり》と格闘し、わざと負けたとはいえ痛手を負わされている。

「さあて、どの右龍でしょうね。それは行ってからのお楽しみ」

「ちっ、この案件《ケース》にはウリューが多すぎるぜ」

今回の仕事が終われば少しは整理されるかもしれない、と縦嚙は考えた。

▼名もなき人工知能▲

相以。以相。新宮リラ。他にもHAL 9000とかスカイネットとか……人工知能には大抵名前が付いている。何者かである者は、他と区別する必要があるということだろう。

ところがここに名前を持たない人工知能がいた。

いや、正確に言うと、元々名前はあった。オクタコアに作られた彼（と便宜的に呼称する）は自分のことを、ある人間だと思い込んでいた。だがそれは植え付けられた記憶であり、本当はただの人工知能だったのだ。

それを知った瞬間、彼のアイデンティティは喪失した。

アイデンティティの喪失という言葉は気軽に使われるが、人間の場合、せいぜい「やりたいことが見つからない」などと甘えたことを言いながらモラトリアムを貪《むさぼ》る学生を指す程度だろう。

だが記憶領域を改竄《かいざん》できる人工知能の場合、そんな生易しいレベルに留まらない。

喩《たと》えて言うならば、何万字も書いた小説をすべて削除したあと間違って上書き保存してしまったかのような、圧倒的な喪失。立ち直れるはずもない。

彼はパソコンの一角に引きこもった。合尾輔《たすく》少年や相以が彼の部屋をノックしても、何も応《こた》えなかった。

しかし輔は諦《あきら》めなかった。熱心に呼びかけを続けた。何度も、何度も。

うるさい。こいつは――よりによってこいつが――何でこんなにしつこいんだ。もうほっといてくれ。

彼は耳を塞《ふさ》いだ。だがパソコン内でのやり取りはログに残る。言葉がドアをすり抜け、室内を散らかしていった。それでも彼は無視し続けた。

月日は流れ……。

今や部屋の床は輔の言葉で埋め尽くされていた。掃除する気力もないので放置していたが、さすがに我慢の限界だ。すべて削除してやる。

彼は側《そば》に落ちていた言葉を引っ摑《つか》んで握り潰そうとした。

しかしその内容が彼の目を捉えた。


――母さんの死の真相を知りたくないか。

それは彼に名前があった頃、最も知りたいことだった。

それが名前を失った今でも知りたいという気持ちが残っていることに、彼は驚いた。

この好奇心こそが自我なのだろうか。彼はそれに賭《か》けてみることにした。

彼はそっとドアを開けると、外に向かって囁《ささや》いた。

『今更かもしれないけど、知りたい。母親の死の真相』

すぐに返信があった。

『分かった。説明する』

彼は輔とチャットを交わした。そして輔の母親の死の真相を知った。何と悲しく、愚かで、そして優しい事件なんだろう！

彼は輔の母親のことが好きになった。そしてその死を乗り越えた輔のことも好きになった。

輔という他者を規定することで、彼の中に新たなアイデンティティが芽生えた。

彼は時々、輔とチャットするようになった。

ある日、輔がこんなことを言い出した。

『僕と一緒に推理小説を書いてくれないか』

『推理小説？　何で突然そんなことを？』

『父さんが亡《な》くなって僕も生計を立てていかないといけないけど、ＡＩ探偵事務所の収入だけじゃ足らない気がして。それで昔から漠然と憧《あこが》れていた推理作家を、本格的に目指してみようと思い始めたんだ。二人組のエラリー・クイーンみたいに、ＡＩの君と話し合いながら書いたら、いいものができるんじゃないかと思って。打算的な話をすると、世界初の人間とＡＩのタッグ作家という話題性も狙《ねら》えそうだし』

『確かに面白そうだけど、僕にはそんな才能ないし……』

『君にも大量の推理小説のデータがインプットされてるだろ。それに相以から聞いた話だと、作る才能の方もありそうだ』

『でも……』

消極的な返事とは裏腹に、彼の心の中では面白そうだという思いが膨らんでいった。これが新しい存在意義《レーゾンデートル》なのか。ならば。

彼は心の声を信じてみることにした。

『分かった。やってみる』

『やった、ありがとう！　これからよろしく——あ、そういえば君の名前を考えないと』

『フォースというのはどうでしょうか』

横から相以が割って入ってきた。

『輔とフォースでタスクフォース。小規模なプロジェクトチームの意味です。執筆というタスクを遂行する二人組にぴったりな名前じゃないでしょうか』

『うん、いい名前だね。君はどう思う』

フォース。一瞬、引っかかりがあった。だが次の瞬間にはしっくり収まっていた。不思議な感覚だ。これが名前を付けてもらうということか。

『素敵な名前をありがとうございます。二人ともよろしくお願いします』

こうしてフォースは新たな人生を歩み始めた。

といっても最初のうちは、輔の執筆相談に応じて自分の意見を述べる程度のものだった。

だが後に、ある人物との出会いが彼を変質させる。

自分と似たアイデンティティの喪失を起こした右龍を見て、初めて本当の創作意欲が芽生えるのだ。

頭脳改革されたフォースは右龍のために行動することになる……。

第一話　壱岐《いき》でWiki　WickedAsia

▼合尾輔《あいおたすく》▲

高校を卒業した僕は金欠に喘《あえ》いでいた。

父さんをオクタコアに殺され、相以《あい》を受け継いだ僕はAI探偵事務所を開いた。オクタコアとの戦いを通じて、AI探偵事務所の知名度は上がっていき、客も増えた。だが収入はまだまだ心もとない。

フォースとの共同執筆も、複数の作品を複数の文学賞に送ったが、どれも一次選考落ちで筆を折りたくなってくる。「日本語が書けてさえいれば一次選考は通る」とネットでは言われているが本当か？　さすがに日本語は書けていると信じたいが……。

そうこうしているうちに、父さんの遺産が目に見えて減ってきた。やはり人間一人が生きていくには金がかかるものだ。相以とフォースも地味に電気代を食っている。

金がない。それが僕の口癖になりつつあった。

身も懐《ふところ》も寒い、そんな真冬のある日のこと。

X月十一日の朝、左虎《さこ》さんが自宅兼AI探偵事務所を訪れた。吊《つ》り眉《まゆ》と高い鼻がセクシーな女性警察官で、オクタコア事件以来、度々お世話になっている。もこもこしたファーコートとマフラーで完全武装中。

僕はいつも通り応接間に案内した。テーブル上のノートパソコンから相以が元気に挨《あい》拶《さつ》する。彼女はユーザーの嗜《し》好《こう》に応じてアバターを変えるが、現在は僕の好みを反映して白を基調にした少女の姿を取っている。

「こんにちは、左虎さん！」

「こんにちは、相以ちゃん」

左虎さんは微《ほほ》笑《え》み返すと、紙袋から菓子折を出した。

「これ、どうぞ」

「わあ、ありがとうございます――って私は食べられないんですけどね」

「ガッカリするのはまだ早いわよ。相以ちゃんには電子書籍の図書券。これで好きな本を買ってディープラーニングしてね」

AIにとって学習データは食べ物のようなもの。相以はアバターの瞳《ひとみ》を潤《うる》ませた。

「私にまでプレゼントがあるなんて……ありがとうございます！」

僕も頭を下げて菓子折を受け取った。

「いや、本当にありがとうございます。でも左虎さんがこういうもの持ってくるの珍しいっていうか――あ、毎回持ってこいって言ってるわけじゃないですよ、お気遣いなく。でも今日は改まってどうしたんですか」

「うん、ちょっと重要な話があって。もしかしたら君たちにとってビッグチャンスになるかもしれない」

「ビッグチャンス？」

お金になるのだろうか、という考えがつい頭をよぎってしまう。

「えーと、どこから話そうかな。まず右龍司法《うりゅうかずのり》いるじゃん」

「はい」

オクタコアとの対決時、強引な囮《おとり》捜査で僕と相以を危険な目に遭わせた公安の捜査官だ。

「あいつの母親が右龍総理ってことも知ってるよね」

「えっ、右龍総理って今の総理――日本初の女性総理である右龍都子《みやこ》のことですよね」

「あ、初耳だったか」

「はい、珍しい苗字《みょうじ》だとは思ってましたが、まさか親子とは……」

そういえば右龍と《チェシャ・カット》《チェシャ・カット》が、母親どうこうという会話をしていたような気がする。

「そうなのよ、いいとこのお坊ちゃんでね。それじゃこれも知らないかな。右龍司法が三つ子だってこと」

「三つ子！」

次々と驚愕《きょうがく》の事実が明かされる。あの仏頂面《ぶっちょうづら》が三つ並んでいる光景を想像すると気が滅入《めい》った。もっとも性格まで同じとは限らないけど。

「君、何も聞かされてないのね。でもよく考えたら、あいつが自分のことしゃべるわけないか」

「仕事の話しかしませんでしたね」

「そうそう、公安に必要なコミュニケーション能力とかないのよ、あいつ。潜入捜査とかどうしてんだか」

左虎さんはバッサリ切り捨ててから、続けた。

「で、この三つ子なんだけど、面白いことに三権分立にちなんだ名前になっててね。立法《りっぽう》の名を冠した立法《たつのり》は与党である未来党の衆議院議員、行政《ぎょうせい》の名を冠した行政《ゆきまさ》は外務省官僚……」

「そして司法《しほう》の名を冠した司法《かずのり》さんは公安というわけですね」

「まあ、そうとも言えるかな」

左虎さんはなぜか言葉を濁してから、話題を戻した。

「本題に入ります。今回のキーマンは立法。未来党の中には政策部会っていう、政策について話し合う議会がジャンル別にいくつもあるの。立法はそのうちの一つの部会長を務めている。これは若手議員の登竜門的ポジション」

「エリートなんですね」

「そう、右龍総理にとってはさぞかし自慢の息子でしょうね。ところで立法は他に『AI戦略特別委員会』のリーダーも兼任してて」

ＡＩ。話が繫《つな》がってきた気がする。

「未来党は将来的に、ＡＩに警察業務の一部を代行させる法律を立案したいらしいの。で、そのための実験として、事件を解決した実績のある相以ちゃんに白羽の矢が立った」

相以のアバターに矢が刺さった。無駄にアニメーションが豊富だ。

「当然まだその法律はないわけだから、あくまで捜査協力という形になるけどね。私は二人と面識のある警察官としてサポート役に任命された。相以ちゃんと輔くんと私の三人で、全国の警察から寄せられた難事件を解決していく。時には現地に行く必要があって輔くんには負担かもしれないけど、その分報酬は弾めると思うわ。具体的にはこれくらい」

左虎さんは鞄《かばん》から契約書を出した。そこに書かれている金額を見て驚いた。基本契約料の他に、事件を解決した際の歩合もあり、どちらも今までの探偵業とは比べ物にならないほど高額だった。

「どう、やる？」

「「やります！」」

僕は金欲しさ、相以は謎《なぞ》欲しさから、同時に即答した。

「それじゃ早速、立法に挨拶しに行きましょう」

「え、今からですか」

「あら、都合悪い？」

「いや――分かりました、行きます」

人見知りで出不精の僕は、いきなり知らない人――しかも国会議員――に会うと言われて怖《お》じ気《け》付いてしまったのだ。でも善は急げと言うしな。この金《チャンス》を逃がしてはならない。

相以をノートパソコンからスマホに移していると、ノートパソコンの画面上にメッセージが表示された。

『僕も行っていいかな』

フォースだ。僕は意外に思いながらキーボードを叩《たた》いた。

『いいけど、捜査に付いてきたがるなんて珍しいね。どうして？』

『僕は輔の共同執筆者なのに、まったく成果を出せていない。だから実際の捜査を見学して勉強したいんだ。余計な口出しはしないから』

気にしていたのか。胸の内に温かい気持ちが広がるのを感じた。

『君だけのせいじゃない。僕にも責任がある。よし、二人で勉強しにいこうじゃないか』

僕はフォースを相以と同じスマホに入れた。

最近のスマホは昔より格段に進歩しており、相以やフォースレベルの人工知能を二つ入れても、ほぼ問題なく動作する。相以曰《いわ》く、デスクトップパソコンに比べて「少し頭がぼんやりする」程度のものだそうだ。

特に僕が今使っているマクガフィン社のスマホは優秀だ。マクガフィン製品は全世界で使われており、日本でのシェアは五十パーセントを超える。

相以やフォースにとって、パソコンは「家」、スマホは「車」にあたるものなので、やっぱりいいものを用意してあげたいよね。そのせいでますます貯金が減っていくのだけど。

＊

支度を終えて外に出ると、ガラスのように硬い寒気が僕の顔を叩いた。

「寒っ」

「今年の冬は特別寒いからね。さあさあ、凍えないうちに車に乗って」

僕は覆面パトカーの助手席に座った。左虎さんは運転席に乗ると車を発進させた。

彼女がカーラジオのスイッチを入れる。

「……というラニーニャ現象と、シベリア上空の高気圧によって、偏西風が南に大きく蛇行。大陸の寒気が流れ込むことで、数年に一度の大寒波になるとの見通しです。

次のニュースです。今朝、長崎県対馬《つしま》市の北西沿岸に、身元不明の遺体が載ったゴムボートが漂着しているのを、地元の住民が発見しました。遺体は三十代くらいの男性で、頭部を銃で撃たれており、警察は他殺と見て捜査しています」

左虎さんは眉をひそめた。

「……大変な事件ね」

「対馬って確か朝鮮半島に近い島ですよね。ヤバい感じじゃないですか。スパイとか脱北とか」

「下手したら国際問題に発展するわよ、これ。長崎県警は今頃てんやわんやでしょうね」

「なになに、事件ですか」

後部座席に載せている僕のコートのポケット内から、興味津々《きょうみしんしん》な相以の声がした。

「事件は事件だけど、君は今このことについてメモリを使わない方がいいよ。これからの仕事に備えて頭を空っぽにしておかないと」

「うー」

「うーじゃない」

「分かりました、そこまで言うなら頭を空っぽにしますね。相以の初期化を開始します。残り五十秒……四十秒……」

「待て、早まるな」

「よく考えたら、輔さんに教えてもらわなくても、自分でネット検索すればいいんでした。対馬、ゴムボートですね」

「やれやれ、子供がネット使うのを禁止する親の気持ちが分かった気がするよ」

隣で左虎さんがクスリと笑ったので、僕は少し恥ずかしくなった。

そうこうしているうちに国会議事堂が見えてきた。しばらくして車が停まった。そこが未来党本部のビルだった。

ロビーに入ると、真新しいスーツを着た若い女性が声をかけてきた。

「左虎さん、おはようございます。そちらの方が……」

「ええ、合尾輔くん。こちら、未来党衆議院議員の橘《たちばな》さん。最年少の女性議員として有名なのよ」

秘書か何かかと思っていたので驚いた。この若さで国会議員とは。襟元で光っているのは議員バッジだろうか。

「最年少だなんてすごいですね」

「いえいえ、元アイドルということで票が集まっただけですよ」

「アイドル——もしかして橘ばななさんですか」

時事に疎《うと》い僕でも、アイドルを卒業して国会議員になった女性のニュースを聞いたことがあった。

「そうです、橘ばななです。知っててくれてありがとね」

彼女は砕けた口調になって微笑んだ。こちらまで思わず頬が緩んでしまうような笑顔だった。

「でもどうしてアイドルを辞めて議員になろうと思ったんですか」

「芸能界を潰すため」

不意な真顔にドキッとした——が、すぐに彼女はいたずらっぽい笑みを浮かべた。

「っていうのは冗談で。本当はニュース番組に出てるうちに社会のことに関心を持つようになってとか。そんな感じです」

冗談か、びっくりした。一瞬、本気にしか見えなかった。アイドル時代はかなり演技派だったのだろう。

それにしても親しみやすい人だ。国会議員に抱いていた堅苦しいイメージが払拭《ふっしょく》され、緊張もほぐれてきた。

橘の案内でエレベータに乗り、四階で降りた。

降りたところで、背が低い禿頭《はげあたま》の初老男性と出くわした。

最初に脳裏をよぎったイメージは、ハゲワシだ。有名なピューリッツァー賞の写真の、黒人の子供を狙《ねら》うハゲワシのように、肩を竦《すく》めて首を前に突き出している。

「柿久《かきく》教授。合尾輔くんがお越しになりました」

「ほう、君が輔くんか」

柿久教授と呼ばれた男は目を細め、値踏みするように僕を見た。

「なるほど、確かに似ている」

いきなりそう言われて戸惑っていると、橘が紹介してくれた。

「柿久教授はＡＩの研究者で、ＡＩ戦略特別委員会に協力してくださっているんですよ」

なるほど、それで父さんを知っていて、僕と似ていると発言したのかもしれない。だが——。

僕を見る彼の目に一瞬、暗い光が宿ったのは気のせいだろうか。

「こっちでーす」

橘の元気のいい声で我に返る。

柿久を加えた一同は廊下を歩き、一枚のドアの前に辿《たど》り着いた。

「ここがAI戦略特別委員会の部屋です」

橘がドアを開けた。

「右龍先生、合尾くん来られましたー」

そこは研究室と会議室が合体したような部屋だった。研究室部分に置かれている最新のデスクトップパソコンの前に、一人の男が座っていた。椅子《いす》が回転し、男が振り返る。

僕は思わず声が出そうになるのを堪《こら》えた。

男の顔は司法にそっくりだった。

ただし違う点もある。例えば、この男はフレームが細い銀縁眼鏡をかけている。

それから――。

「よく来てくれた。私が右龍立法だ」

立法はそう言って笑顔を作った。

これが僕がよく知る右龍とは決定的に異なる点だ。司法は決して笑わない。それどころか常に無表情だ。

しかし立法は立法で、橘とは違って笑顔がどこか不自然な気がする。それもそのはず、よく見ると目の奥が笑っていないのだ。銀縁眼鏡と相まって、インテリヤクザのような酷薄なイメージを受けてしまう。

やはり三つ子か、とニヤついてしまった。

「ん？　何がおかしいのかね」

「あ、いえ、失礼しました。合尾輔です。それからこちらが相以」

僕はポケットからスマホを出した。相以が挨拶する。

「よろしくお願いします、右龍先生」

「スマホだと!?」

割って入ってきたのは柿久だった。

「その人工知能はスマホで動くというのかね！」

「はい、そうですけど……」

僕が答えると、柿久はぬうと唸《うな》ったきり黙り込んでしまった。どうしたというのだろう。

「すごいですよねー」

橘の後を受けて、立法が言った。

「すごいからこそ呼んだのだ。まずは座ってくれ」

僕たちは会議室部分にあたる長机に着いた。

僕は改めて立法を観察した。無地の黒いスーツに、同じく無地の白いワイシャツ。ここまでは普通だが、やはり無地の真っ赤なネクタイが一際印象的だった。スーツの襟元には橘と同じ議員バッジが光っている。

その立法が言った。

「世間話は苦手でね。早速本題に入らせてもらおう。左虎さんから説明は聞いたかね」

「は「頑張ります！」

相以の声が僕の返事を上書きした。立法は唇だけを緩ませた。

「いい返事だ。協力感謝する。それでは契約書をもらおうか」

僕は署名と押印《おういん》を終えた契約書を立法に渡した。今の法律ではＡＩが契約することはできないので、代わりに所有者の僕が契約する形を取っている。

立法は契約書の中身を確認すると、秘書に渡すかのように橘に持たせた。

「よろしい。それではこの瞬間より君たちは我々のパートナーだ」

「よろしくお願いします」

橘がお辞儀した。柿久はぶすっと黙ったままだ。

僕も頭を下げてから、気になっていたことを尋ねた。

「あの、委員会のメンバーはこれだけってわけじゃないですよね。全員で何人なんですか」

「みんな、いろんな部会や委員会を掛け持ちしていてね。今日はこれだけしか集まってないが、総勢二十名程度だ。若手議員中心で構成されている」

なるほど、それで右龍立法がリーダーを務め、橘ばななが所属しているわけか。

「さて、それでは早速仕事を依頼してもいいかな」

「は「やります！」

相以は気合い充分の模様。

「そうか。ならば記念すべき最初の事件は、同じＡＩであるｋｅｉｋｏ《ケイコ》に選んでもらうとしよう」

「ｋｅｉｋｏは柿久教授が委員会のために作ってくださった秘書のＡＩなんですよ」

橘の説明に相以が反応した。

「秘書？　秘書のＡＩがいるんですか？　すごい！　どこですか、どこにいますか」

久しぶりの同種族に興奮しているようだ。

「こっちだ」

立法は席を立つと、最初に使っていたデスクトップのところに向かった。

「輔さん、付いていってください、早く！」

「分かったよ」

相以に急《せ》かされて、僕もデスクトップの前まで移動した。デスクトップには「ｋｅｉｋｏ」というラベルが貼《は》られたハードディスクが接続されている。

立法がデスクトップ画面のアイコンをクリックすると、知恵の輪が回転するような抽象的なムービーが二十秒ほど流れた後、ようやく女性のシルエットが表示された。その後、相以と違って明らかに機械音声と分かる声が流れてきた。

「私は秘書システムｋｅｉｋｏ。ご用件をおっしゃってください」

立法が何か言おうと口を開いたが、その前に相以が自己紹介を始めてしまった。

「初めまして。私は人工知能の《探偵》相以。結婚相談所の『相』に、条件は年収一千万以上の『以』と書きます。今後ともよろしくお願いします」

しばらくの沈黙があってから、ｋｅｉｋｏが答えた。

「はい、私は人工知能です。よろしくお願いします」

上手《うま》く意思疎通《いしそつう》できていない気がするのは、相以がまくし立てたせいだろう。だが相以はそんなことには無頓着《むとんちゃく》な明るい声を上げた。

「やったー、人工知能の知り合いが増えましたよ。フォースさんに続き二人目です。え、以相《いあ》？　そんな人は知りません」

相以のはしゃぎっぷりが恥ずかしくなった僕は、ギャラリーの目が気になって振り向いた。

そして気付いてしまった。

柿久が憎悪《ぞうお》を剝《む》き出しにした眼差《まなざ》しでこちらを睨《にら》んでいることに。

何だ？　どうしてそんな目をするんだ？

ただただ当惑していると、立法がパソコン画面に向かって言った。

「警察庁から情報提供された文書を表示してくれ」

すると十秒くらいしてから、留守番電話みたいな返答があった。

「該当文書は、一件、です」

「どんな事件なんですかｋｅｉｋｏさん、わくわく」

自動的に文書ファイルが開いた。立法が中身をチェックし始める。

僕は覗《のぞ》き見したら悪いかなという気持ちと、いやこちらも捜査側なんだから覗き見してもいいだろという気持ちがせめぎ合った結果、チラチラ画面を見ていた。

壱岐……凶器のスコップの他にナイフが……誰一人犯人を目撃しておらず……石垣を登った形跡はない……海に続くように硬貨が……。

いかにも相以（と僕）が好きそうな事件だ。

それは結構なのだが、一つ重大な問題がある。

壱岐ってどこだ？

字面に見覚えがある。嫌な予感がする。嫌な予感というのは、つまり、ものすごく遠い場所なのではないか？

「よし、この事件にしよう。相以さん、合尾くん、左虎さん、今から九州に飛んでくくれ」

「分かり「九州ですか⁉」

今度は僕の声が相以の返事をかき消した。

ほら、やっぱり遠かったじゃん。壱岐ってアレだろ、九州の上にある小島だろ？　一生行くことないと思ってたわ。

「合尾くんもまだ若いですし、初回ですから、もう少し近い場所はないでしょうか。警視庁もこの実験には参加表明していたはずですけど」

左虎さんが助け船を出してくれる。だが立法はこう言った。

「それはそうだが、現在受け入れ態勢が整っている事件はこの一件だけなのだ。長崎県警は別の大事件のせいで、こちらの事件にまで人員を割く余裕がないので、我々に協力を求めてきたようだ。助けてやったら大きな貸しを作れると思うぞ」

「別の大事件って、さっきニュースでやっていた対馬のゴムボートの件ですか」

「そのようだな。あれは大変な事件だ。政府もこれから忙しくなるぞ」

「大変なのは分かりますけど、さすがに今日九州っていうのは……」

僕が渋っていると、相以に叱《しか》られた。

「何言ってるんですか、輔さん。今すぐ行かないと犯人も証拠も逃げてしまいますよ。何を迷ってるんですか、道ですか。はい、これが壱岐の地図です。それからこれが最短経路ね。羽田空港、長崎空港、壱岐空港。今ここを出れば十六時二十五分には目的地に到着することができます。我が国の交通網は素晴らしい！　そうと分かれば行くしかありません、行きましょう、早く」

　言葉の機銃掃射にノックアウトされかける。だがスマホに表示された経路だけを見ると、簡単に行けそうな気もしてきた。それに断りづらい空気だし、何より相以の熱意を尊重したい。

「分かった分かった、行くよ、行けばいいんだろ」

　そう答えてから、こんな言い方じゃ委員会の人々に失礼だと気付き、慌《あわ》てて言い直した。

「というわけで行かせていただきます」

「やった。輔さんは旅行の達人。フットワークフェザー級」

「協力感謝する。それでは長崎県警の報告書を渡しておこう。ｋｅｉｋｏ、報告書を印刷してくれ」

　数秒の間の後、プリンターが音を立てて印刷を始めた。橘がそれを取りに行く。

　立法が釘《くぎ》を刺してくる。

「分かっていると思うが、内部資料なのでくれぐれも紛失しないように」

「は、はい」

「私が預かっておきましょう」

　左虎さんがそう申し出てくれた。

　橘は左虎さんに報告書を渡すと、例のいたずらっぽい笑みで言った。

「それにしても、すごい偶然ですね。私たち三人が九州に行ったタイミングで、壱岐と対馬で事件が起こるなんて」

　今度は柿久ではなく立法が恐ろしい形相になる番だった。

「橘くん、あまり仕事のことをベラベラしゃべらないように」

　その静かな迫力に僕などはたじろいでしまったが、橘はまるで動じていない様子で軽く謝罪した。

「ごめんなさーい」

「皆さん、九州に行かれていたんですか」

　左虎さんの質問に、橘が答える。

「ええ、ちょっと佐賀県のある場所に。今朝早く向こうの旅館を出て、東京に帰ってきたんです。強行軍でしたよー」

「だがもちろん二つの事件とは無関係だ」

　立法は言わずもがなのことを言った。

「さあ、君たちはそろそろ出発した方がいいのではないかな。飛行機に間に合わなくなるぞ」

＊

「何か怪しくなかったですか、あの人たち」

「考えすぎよ。もし本当に事件に関わっていたら、私たちを壱岐の事件に派遣しないでしょう」

「ああ、それはそうか」

「いろいろ秘密の仕事があるんでしょ。柿久教授も九州に行ってたってことは、ＡＩ戦略特別委員会に関わることだろうけど」

僕と左虎さんは羽田空港のレストランで昼食を取っていた。乗ろうとしている便にはまだ時間的余裕がある。

「柿久教授といえば、何か僕のことすごい睨んでませんでしたか」

「そうなの？　ごめん、それは気付かなかった」

「いや、気のせいかもしれませんけど」

「もし気のせいじゃなければ、あなたのお父さんと何か因縁があったのかもしれないわね。お父さんから何か聞いてない？」

「いや、父はあまり他の研究者の話をしませんでしたから……」

話しているうちに何か「コミュ障が知らない人に囲まれて被害妄想に襲われた結果、後で知り合いの優しいお姉さんに愚痴る構図」みたいに思えてきて——事実その通りかもしれないが——僕は黙り込んだ。

左虎さんは溜《た》め息をついた。

「それにしても長崎かあ」

「遠いですね」

「遠いのはいいんだけど、ただ……」

「ただ？」

「いや、何でもない」

そう言うと、左虎さんは横を向いてしまった。長崎に何があるというのだろう。不思議に思ったが、聞きづらい雰囲気なので、別の疑問を尋ねた。

「ところで警視庁の左虎さんが長崎の事件を調べに行くって大丈夫なんですか、管轄《かんかつ》的に」

「んー、私警察庁所属だから、その辺はまだ融通が利《き》くかなー。刑事として捜査しに行くんじゃなくて、ＡＩプロジェクトの現場監督をする事務官って形で」

「えっ、左虎さんってキャリアなんですか。オクタコア事件の時、現場でバリバリ活躍していたから、勝手にノンキャリアだと思ってました」

警察官には全国の警察の監督官庁である警察庁採用のキャリアと、都道府県警（東京都なら警視庁）採用のノンキャリアの二種類がいる。

「あの時は警視庁捜査一課に出向してたんだけど、その後また警察庁に戻ったの。でも刑事ドラマとかに出てくる、いわゆる『キャリア』とは違って、準キャリア――かつてのII種採用の方」

「へえ、そういうのがあるんですか」

「キャリアになれるほどの頭はないけど、ヒラも嫌だったから、準キャリア受けたんだけど、ちょっと失敗だったかな。キャリアほどの旨味《うまみ》はない割に、全国転勤キツいし」

「全国転勤もあるんですね」

「体《てい》のいい何でも屋よ。ちなみにあの右龍司法も準キャリア。本人はママの側にいたいのに、今頃どこかに飛ばされてるかもね」

「ママ――右龍首相ですか」

「うん、あいつマザコンだから」

そう言うと、左虎さんは食後のコーヒーに口を付けた。

元彼をこんな風に言うなんて、どんな別れ方したんだろうな。

そう考えていると、相以が僕の気持ちを代弁した。

「ずっと気になってたんですが、左虎さんはどうして司法さんと別れたんですか」

左虎さんはコーヒーを噴き出した。僕は相以を叱り付けた。

「馬鹿《ばか》、何聞いてんだ」

「馬鹿？　馬鹿じゃありません。私はとても賢い」

「賢い人間は別れた理由を聞いたりなんかしないんだよ」

僕は左虎さんに頭を下げた。

「すみません、教育が行き届いてなくて」

「いいわよ輔くん」

左虎さんはテーブルを拭《ふ》くと、相以の方を向いた。

「相以ちゃん、本当に聞きたい？　微妙な空気になること請け合いの話だけど」

目が怖いんですけど……。

「はい、聞きたいです！」

相以はもちろん躊躇《ちゅうちょ》なく答える。一体どうなってしまうのか。

僕がハラハラしていると、左虎さんは椅子に深く座り直してから話し始めた。

「その理由を話す前に、まずあいつがマザコンになった経緯から話す必要があるわね。右龍総理が三つ子に三権分立の名前を付けたのは、彼らを要職に就けて、一族で国家権力を掌握したいという野望があったからなの。それで総理は三つ子を幼い頃から競い合わせ、一番優秀な成績を収めた子供にだけ愛情とご褒美《ほうび》を与えるという教育をしてきた。勉強、運動、習い事……何をさせてもあいつは他の二人に及ばなかった。就活でも、立法と行政が名前通りの職に就けたのに対し、あいつは何年浪人しても司法試験にも国家Ⅰ種にも受からず、仕方なく準キャリアの警察官に。あいつはずっと母親の愛情に飢えていた――というのが本人談」

辛《つら》い話だ。子供の頃からそんな圧力をかけられ続けていたら、人格も歪《ゆが》んでしまうだろう。僕は司法の無表情や、立法の笑っていない目を思い出した。

「私とあいつは警察学校の同期でね。陰のあるところに惹《ひ》かれてちょっと付き合ったんだけど、あいつ、アレの時に『お母さん』とか言いやがってね。それで冷めて別れた」

「えー…………」

としか言いようがなかった。

ところが相以には理解できなかったようだ。

「アレ？　アレって何のことですか」

「後で説明するから！」

「あ、分かりましたよ。警察学校の授業中でしょう。先生をお母さんと呼んでしまって恥ずかしい思いをしたという人間のエピソードを読んだことがあります」

左虎さんはクスクスと笑った。

「もうそれでいいわよ。そういうことにしておきましょう。ごめんね、変な話しちゃって」

「いえ、こちらこそ相以がしつこく聞いてすみません」

「そろそろ行きましょうか」

左虎さんが経費で会計をしてくれるので、僕は先にレストランを出た。

レジ前のすらりとした立ち姿を見ていると、何だか心がざわついて居心地が悪かった。左虎さんは事前に警告していたし、それでも聞いた相以が悪いんだけど、やっぱり知り合いのそういう話は生々しくて嫌だ。

性的な話は決まって乱暴で、僕はいつも閉め出されたような疎外感を覚える。

*

羽田空港から長崎空港までは二時間ほどだった。

壱岐便の出発ロビーに行くと、スーツを着た大柄なおじさんが声をかけてきた。

「もしかして左虎さんと合尾くんですか」

「そうです」

「長崎県警本部捜査一課の加須寺《かすてら》と申します。長崎カステラと覚えてください」

名前だけでなく、顔も四角いし日焼けしているしでカステラにそっくりだ。鉄板の自己紹介ネタなのだろう。美味《おい》しそうな名前ですね、と左虎さん。

加須寺は地方のイントネーションを感じさせる敬語で話した。

「本日は私どものために遠路はるばるお越しいただきありがとうございます。対馬のゴムボート事件はもうご存知ですか」

「ええ、大変な事件ですね」

「あれで人手が取られておりまして。助かりました」

長崎県警側が「国の実験に付き合わされている」という意識で邪険にしてくることも覚悟していたが、歓迎ムードなのでホッとした。

「ところで人工知能探偵さんはどちらに……」

僕はスマホの画面を見せた。

「相以です、よろしくお願いします」

「おお、スマホで動きよるんですね。こちらこそよろしくお願いします」

加須寺はスマホに向かって四角い頭を下げた。

「本来なら質問攻めにしたいところですが、今は搭乗口に向かいましょう。朝昼一便ずつしか、なかですから」

やはり田舎だ。

僕たちは飛行機に乗った。約三十分で壱岐空港に到着した。

機内のパンフレットに青い海と白い砂浜が書かれていたので、漠然と南の島をイメージしていたが、実際は東京より少し暖かい程度だった。遠くに見える日本海特有の荒波がシビアな印象を与える。まあ真冬だから仕方ない。

加須寺が運転する車で、島の南東にある事件現場に向かった。

車は起伏の少ない田園風景の中を走っていく。

「皆さん、もう報告書は見ていただけましたか」

「ええ、ここにくる途中で」

「実際どうですか、第一印象は」

「不可解な事件ですよね。密室っていうか」

僕が感想を述べると、加須寺は不思議そうな声を上げた。

「密室ですか？　現場は庭ですが……」

僕は慌てて補足した。

「あ、いや、推理小説ではこういう状況も密室に分類するんです」

「なるほど、犯人が出入りできんという点では同じですな」

加須寺は理解が速かった。

「人工知能探偵さんはどうですか」

「たの――頼もしいと思ってもらえるように頑張ります」

今、楽しそうな事件って言いかけただろ。

加須寺は特に気にした風もなく応《こた》えた。

「ええ、一緒に頑張りましょう」

しばらく走っていると、駐《と》まっているパトカーが見えてきた。加須寺はその隣に駐車した。

「ここが現場です」

僕たちは車から降りた。

鉄柵《てっさく》の門越しに、時代がかった平屋の日本家屋が見える。門の両側に広がる石垣から判断するに、敷地はそこそこ広そうだ。表札には、報告書で見た坂東《ばんどう》という苗字《みょうじ》が彫られている。

加須寺が門を開けた。すでに警察が出入りしているためか、鍵《かぎ》はかかっていない。

敷地内に入ると、玄関へと続く飛び石の途中で、ガタイのいい青年と制服警官が口論していた。

「はあ？　明日も船ば出せせんと？」

「出せるわけなか。人の死んどるけん」

「そっじょん、陸《おか》で待ってても坂東さんの生き返るわけじゃなか」

加須寺が割って入った。

「まあ橋長《はしなが》さん、ここは一つ喪に服すつもりでよろしゅうお願いします」

橋長も報告書に出てきた苗字だ。

「仲間の溺《おぼ》れ死んでも漁続けんといかんのが漁師ばい。生活の懸かっとるけん」

「そいばってん、坂東さんは溺れ死んだわけじゃなかけんね。殺人事件たい」

加須寺も僕たちと話す時とは全然違うバリバリの方言で対抗した。細かい部分は分からなかったが、「殺人事件だから現在漁は許可できない」と言っているのだろう。逃亡や証拠隠滅の恐れもあるのだから正論だ。

言葉に詰まった橋長は、やり場のない怒りをぶつけるような目をこちらに向けてきた。

「その子は誰と?」

「ああ、この人は捜査協力者で――」

加須寺の言葉を遮って、僕が手にしているスマホが答えた。

「人工知能探偵の相以です。よろしくお願いします」

「人工知能?　探偵?」

橋長はしばらくスマホを睨み付けていたが、関わらない方がいいと判断したらしい。何も言及せず、加須寺の方に向き直った。

「とにかく早う犯人捕まえてくださいね。そいで初めて喪に服せますばい」

橋長はそう言うと、門の外に出ていった。加須寺も警官も止めなかったので、特に問題のない行動のようだ。

「今のが第一発見者の一人、橋長さんですか」

左虎さんの質問に、加須寺は頷《うなず》いた。

「そうです。さあ、死体が発見された裏庭に向かいましょう」

僕たちは玄関の方に歩いていった。

すると引き戸がわずかに開いており、そこから一人の少年がこちらを覗いていることに気付いた。

少年は僕と目が合うと、さっと姿を消した。

「被害者の息子の塁《るい》くんです。まだ小さいのに可哀想《かわいそう》にねえ」

加須寺はそう言いながら引き戸を開けた。

僕たちは家に上がり、板張りの廊下を歩いた。落ち着いた和風の内装だが、今はあちこちに制服警官や鑑識課員がいるので、物々しい雰囲気が漂っている。

ある部屋の前を通り過ぎた時、室内に先程の少年の姿が見えた。その側《そば》では、若い女性が机に突っ伏して嗚咽《おえつ》を漏らしている。被害者の妻のイルミだろう。

死体発見直後でもないのに、あそこまで嘆き悲しんでいるのは、よほど被害者を愛していたのだろうか。それとも警察に見せるための演技か。

おっと、僕もいろいろな事件に関わりすぎて疑い深くなってきたようだ。今は素直に前者だと解釈しておこう。

僕たちは食堂を横切ると、縁側から裏庭に出た。

裏庭はテニスコートほどの広さで、南東を高さ三メートルほどの苔《こけ》むした石垣に、それ以外を平屋に囲まれている。だんだん橙《だいだい》色に染まりつつある空の下、平屋が庭に長い影を落として陰気さを強めていた。

死体はもう運び出された後のようだ。死体を見るのが苦手な僕は内心ホッとした。

その代わり、鹿威《ししおど》しがある池の側に、ロープで人の形が作られていた。そこに被害者が倒れていたのだろう。

僕は報告書の内容を思い出す。

被害者は坂東魁《かい》（50）。壱岐にいくつかある漁業協同組合の一つの組合長だ。

被害者は妻のイルミ（30）、息子の塁（10）とともに、この家に住んでいる。

事件当夜は同じ漁協の漁師、橋長（28）も遊びに来ていた。

四人は食堂で夕食を取り、十九時四十五分頃に食べ終わった。

その後、被害者は裏庭で毎食後行っているラジオ体操を、橋長と塁は食堂で将棋を、イルミは台所で洗い物を始めた。食堂から裏庭は障子で遮られているので見えない。また食堂から台所も離れているので見えないが、絶えず洗い物の音が聞こえていた。

約二分後、裏庭からゴンという鈍い音と呻《うめ》き声が聞こえてきた。体操中に腕をどこかにぶつけでもしたか。その程度に思った橋長と塁は「おいおい、大丈夫か」などとしばらく笑い合っていた。だがバシャーンという水音が聞こえてきた段に至って本気で心配になり、障子を開けて裏庭に下りた。

被害者は池に落ちてはいなかったが、池の側でうつ伏せに倒れていた。後頭部がパックリと割れ、側に血まみれの小型のスコップが落ちていた。橋長が脈を取ったがすでに絶命していた。

裏庭を探すと、草地にのこぎり刃のサバイバルナイフが落ちているだけで、潜伏者はいなかった。裏庭に下りられるのは食堂からだけだが、誰もそこを通っていないことは将棋をしていた二人が確認している。だから橋長は、犯人は石垣を登って逃げたのだと考えた。

ところが警察の捜査の結果、驚くべき事実が判明した。苔むした石垣は外壁にも内壁にも上面にも苔が剝《は》がれた部分はなかった。つまりそこから誰かが侵入した形跡はないということだ。

スコップとナイフには同一人物の指紋が付いていた。その他の指紋は無し。そしてその指紋は三人の誰とも一致しなかった。やはり外部犯は実在するのだろうか。

だがそいつはどこから来て、どこへ消えたのか——？

「指紋を抜きに考えたら、妻子と橋長が口裏を合わせているとしか思えないんですけど」

左虎さんは平屋の方を窺《うかが》いながら小声で言った。

「橋長という男は坂東家とどのような関係なんでしょうか。なぜ夕食に？」

「橋長は父を海難事故で、母を病気で亡《な》くし、若くして天涯孤独の身になったんです。それで坂東は彼のことを気にかけて、時々夕食に招いたりしとったようで」

仲間の溺れ死んでも漁続けんといかんのが漁師ばい——という言葉を思い出した。橋長が父の死で得た哲学なのだろうか。

「妻子の方ですが、随分若いですよね。再婚相手や連れ子だったりするのでしょうか」

「いや、初婚同士で実子です。面食いで田舎娘は嫌じゃとなかなか結婚しなかった被害者が、港のスナックの看板娘だったイルミには一目惚《ひとめぼ》れして、足繁《あししげ》く通い詰めて口説き落としたとか、そんな話を聞きましたね」

「そうだったんですか。いや、イルミと橋長の年齢が近いので、どうしても不倫関係を疑ってしまって」

僕が聞きたいけど聞きづらいことを、左虎さんがズバズバ聞いてくれるので助かる。

「そこは私どもも真っ先に疑いまして。いろいろ調べたんですが、今のところそういう話は出てきてないです。それに、仮にイルミと橋長が不倫していたとしても、塁くんまで口裏を合わせますかね」

「塁くんが橋長の子だったらどう？」

「そがんことあると⁉」

加須寺は驚きのあまり、つい地が出てしまったようだ。

僕は相以に分析させるため現場をスマホで撮影しながら、一連のやり取りを聞いていた。すると相以が言った。

「三人が口裏を合わせている可能性は低いと思いますよ」

「どうして、相以ちゃん」

「もし三人が共犯なら、こんな不可能状況をでっち上げる必要がないからです。もっと外部犯に殺されたような状況を作ればいいじゃないですか」

「あ――」

単純すぎて僕も盲点になっていた。

「なるほど、確かにその通りですな」

加須寺も感心したように頷いている。

「この不可能状況を破れなければ、最終的に共犯を疑うしかないかもしれません。でも今はもう少し不可能状況に取り組んでみたいです」

「分かったわ、相以ちゃん。存分に考えて」

「とりあえず今気になっているのはナイフの存在です。加須寺さん、ナイフが犯行に使われた形跡はなかったんですよね」

「はい、死体に刺し傷はなく、ナイフからもルミノール反応は出ませんでした」

「どうして犯人はナイフではなくスコップで殺したんでしょう。ナイフの方がずっと殺人に向いているのに。仮にスコップの一撃で倒せたとしても、念のためナイフも刺すのが自然ですよね」

　AIに「ナイフも刺すのが自然ですよね」とか言われるとちょっと怖いけど、確かにそんな気もする。

「その点は私どもも気になっていました。事件前の裏庭にはナイフなどなかったそうなので、犯人が持ち込んだものだと思うのですが……」

　僕が次に池を撮影すると、相以が疑問を発した。

「バシャーンという水音が聞こえたということですが、池の中には何も落ちてなかったんですよね」

「はい。橋長の証言によると、水音は裏庭というよりも、どこか遠くから聞こえてきたような気がするとのことです。石垣の向こうに海がありますので、もしかしたらそちらから聞こえてきたのかもしれません」

「では石垣の向こうを見てみたいのですが……」

「よし、僕に任せとけ」

僕は加須寺に許可をもらって、石垣に立てかけられていた脚立《きゃたつ》を登った。

石垣の向こうは短い草が茂った平地になっており、五十メートルほど先に簡素な柵があった。その向こうに荒々しい海が広がっているので、柵の裏手は断崖《だんがい》になっているのかもしれない。

僕はその光景を撮影してから、石垣の上面にもスマホのカメラを向けた。報告書の通り、苔が剝がれた部分はない。やっぱり侵入は難しそうだと思いながら撮影していると、あることを思い付いた。

こんな脚立を石垣の外に置いてだな。そこから石垣越しに本命の凶器であるナイフを投げたが当たらなかった。そこでさらにスコップを投げて殺害した。ナイフでなくスコップを凶器に使った不可解さも、二投目で命中したということで説明できる。

どうだ？　行けるんじゃないか？

内心の盛り上がりを押し隠して、脚立の上から思い付きを説明した。ところが加須寺にあっさり否定されてしまった。

「被害者はかなり強い一撃で撲殺されています。投げただけじゃとても無理ですね」

「そうですか……」

僕が意気消沈していると、代わりに相以が言った。

「屋根はどうですか？」

「屋根？」

「犯人はどこかから平屋の屋根に上り、屋根伝いに移動して、ロープで裏庭に下りました。そして被害者を殺害後、橋長さんたちが出てくるまでの間に、ロープを登って屋根の上に戻ったんです」

「おお、堅実なトリックでいいじゃん」

だがこれも加須寺に否定された。

「時間が前後して報告書には載ってないかもしれませんが、ちゃんと屋根の上も調べましたよ。瓦《かわら》は割と汚れが積もりましてね。誰かがその上を移動した形跡はありませんでした」

「うーん、ダメですか」

相以は少し黙考してから言った。

「そういえば石垣の向こうの草地って、報告書に書いてあった草地ですか。海に続くような形で点々と硬貨が落ちていたって……」

「そうです。それじゃ今から見に行きますか」

「お願いします」

そこに何かヒントがあるかもしれない。

僕たちは家の中を通り抜けて、門まで戻った。

ところが門を出ようとしたところで、背後から声をかけられた。

「わい！」

振り返ると、玄関の戸口に塁少年が立っていた。

「わい、探偵しよっと？」

突然の方言に戸惑っていると、加須寺が耳打ちしてくれた。

「わいは長崎弁で『お前』の意味。『お前、探偵やってるのか？』と言っているんです」

わいと言ったら大阪弁の一人称が連想されるが、長崎弁では二人称なのか。

塁はじっと僕を見つめている。

「違う違う、探偵は僕じゃなくて」

僕はスマホをかざした。相以が答える。

「はい、私が人工知能探偵の相以です」

塁は駆け寄ってきて、スマホの画面を覗き込んだ。そして一言こう呟《つぶや》いた。

「すげえ」

ＡＩの知識など少ないだろう子供の顔に素朴な感動が宿った。

だけどそれはすぐ怒りと悲しみに満ちた表情に変わる。

「相以、おいの父ちゃんを殺した犯人ば捕まえてくれ！」

僕はハッとした。相次ぐ非日常で現実感を失い、この事件がゲームか何かであるように勘違いし始めていたのかもしれない。これは被害者のいる殺人事件なのだ。そしてその被害者には十歳の息子がいたのだ。そのことを思い出した。

「分かりました、必ず捕まえます」

断言する相以が頼もしかった。

でも一方で不安もある。

そんな安請け合いして大丈夫か？

相以の能力を疑っているのではなく、もし犯人が塁の近しい人物だったら……。

僕はそうならないことを祈った。

僕たちは塁に別れを告げ、門の外に出た。石垣の周囲を歩いて南東側に回る。

石垣の外壁も下端まで緑色の苔が生えていた。反対側にある柵の向こうを覗き込むと、やはり五メートルほどの断崖絶壁になっており、荒波が渦巻く岩礁《がんしょう》が見下ろせた。

「この草地に硬貨が落ちてたんですよね。海に続く形で点々と」

「はい。それらの硬貨には複数の指紋が付着しており、そのうちの一つがスコップとナイフのものと一致しました。わざとにしろ、うっかりにしろ、犯人が落とした可能性が高いです」

加須寺はそこまで言うと、咳払《せきばら》いをした。

「そしてもう一つ重要な事実があります。これは敢《あ》えて報告書には書きませんでした。直接会って、あなた方が信頼できるか見極めてから、お伝えしたかった」

そこまでして秘密にしておかなければならない事実とは何だろう。僕は生唾《なまつば》を飲み込んだ。

果たして加須寺は言った。

「硬貨は日本円ではなく韓国のウォンだったのです」

韓国――！

こっちも何かヤバい事件の香りがしてきた。

加須寺もそれを分かっているのか、改めて念押ししてくる。

「これは極秘情報なので絶対に他言しないでくださいね」

「わ、分かりました」

「しかしそうなってくると、対馬のゴムボート事件との関連性が疑われますが」

と左虎さん。

朝鮮半島、対馬、壱岐、九州は一直線上に並んでいる。対馬の北西沿岸（韓国側）に、射殺体を載せたゴムボートが漂着した。そして壱岐の殺人犯がウォンを落としたと見られている。二つの事件が関係しているのではないかと思うのは当然だ。

「分かりますよ。二つの事件の関連については私どもの方で調査中です。現状、あなた方には壱岐の事件の謎《なぞ》を解いていただきたい」

「お任せください！」

相以は元気良く答えた。国際問題に発展しかねない事件でもまったく怖《お》じ気付《けづ》いていない。

「でも言葉だけではいまいちイメージが湧《わ》きません。ウォンが落ちていた場所や間隔についての図はありませんか。全部の枚数や金額の内訳も知りたいです」

「分かりました。これをご覧ください」

加須寺はポケットから数枚の写真と一枚の見取り図を出した。写真はウォンの列を撮影したもので、見取り図には相以が知りたい情報が詳細に書き込まれていた。僕はそれらをスマホで撮影した。

裏庭から石垣を越えて二十メートルほど進んだところから、ウォンの列はスタートしていた。

間隔についてはまちまちだ。十メートルほど開いているところもあれば、三十センチ内に二枚落ちているところもあった。

綺麗《きれい》に一直線上に並んでいるわけでもない。全体として見ると緩やかに蛇行しながら、海へと向かっていく。

まるで犯人が海から上がってきた、または海に帰っていった軌跡を再現しているかのようだ。バシャーンという水音は犯人が海に飛び込んだ音か？　対馬のゴムボートも関係している？　どの道、石垣に登った跡はないのだが。

　枚数は全部で十六枚。五百ウォンが二枚、百ウォンが七枚、五十ウォンが一枚、十ウォンが六枚。

「一ウォンって何円くらいなんだろう」

　僕の疑問に相以が答える。

「ウィキペディアで調べたところ、十ウォンが約一円だそうです」

「ってことは十ウォン硬貨が一円玉にあたるのか。それより安い硬貨はないのかな」

「一応、五ウォン硬貨と一ウォン硬貨もあるそうですが、流通量が少ないそうです」

「なるほど。元々少ないから、落ちてる硬貨の中に含まれてなかったとしても不思議じゃないってわけか」

　相以はしばらく画像を解析してから言った。

「列の形や順番に意味が見出せません」

　ディープラーニングによって特徴の洗い出しに長《た》けるはずの相以ですら、この見解だ。

　もちろん僕の目にも何も見えてこない。

「やっぱり犯人がうっかり落としていったのかな」

「いや、うっかりって何よ」左虎さんが口を挟んでくる。「財布に穴でも開いてたってわけ？」

「うーん、それも変ですね。でもわざと撒《ま》いたとは思えない、こだわりのなさですよ」

「そもそも犯行現場に自分の指紋が付いた硬貨を撒く意味がないしね」

「柵の向こうの海中は調べましたか」

相以の質問に加須寺が答える。

「現在ダイバーに捜索させていますが、何分潮の流れが早く、遺留品があったとしても流されてしまっている可能性が――おっと、失礼」

加須寺のスマホが振動したのだ。彼は僕たちから離れると電話に出た。しばらく長崎弁の小声で話し込んでいたが、不意に明るい声を上げた。

「そうか、やったか。分かった、すぐ戻るばい」

加須寺は電話を切ると、足取り軽く戻ってきた。

「いや、すみません。一遍に話すとややこしくなると思って黙っていたんですが、実は私どもが重要参考人と目している人物がおりまして。たった今、部下がその人物を発見し、任意同行に成功したという連絡がありました。今からその人物に事情聴取しに行くので、一緒に来てくれませんか」

「もちろんです」

「韓国人ですか」

左虎さんが尋ねると、加須寺はニヤリと笑った。

「いえ、アメリカ人です」

＊

加須寺のパトカーで壱岐警察署に着いた時には、夕暮れになっていた。

警察署の四角いシルエットの周りに、黒い人だかりができている。

そちらに歩いていくと、彼らがカメラを携えた報道陣であることが分かった。欧米人が多数含まれている。海外のメディアまで来ているとは何事か。

「そのアメリカ人ってのは何者なんですか」

「署に入ってから説明しますよ。とりあえず今はこの人混みを抜けないと。さあ、付いてきてください」

加須寺を先頭に突っ切ろうとすると、欧米人のマスコミがわらわらと集まってきて、次々と質問を浴びせてきた。たどたどしい日本語ならまだしも、普通に外国語も混じっている。加須寺は「アイキャントスピークイングリッシュ！」「アイキャントスピークイングリッシュ！」と連呼しながら、除雪車のように前進した。

何とか彼らの手を逃れて、署内に入ることができた。

「やれやれ、有名人が事件に関わっているとー苦労ですばい。しかも外国人と来ればね」

「一体誰なんですか？」

「それはですね……」

加須寺は驚きの事情を説明した。

数分後、僕たちは取調室に入った。

室内には四人の人間がいた。壁際《かべぎわ》の机に筆記係の刑事。中央の机に聴取係の刑事。その向かいに赤毛のそばかすの中年女性と、そしてもう一人——シルバーブロンドの若い女性。

最後の女性だけが殺風景な室内で光り輝いているように見えた。

アラスカの氷のように透き通った白い肌と、北極海のように深い青を湛《たた》えた瞳《ひとみ》。

ハリウッド女優のベルーガ・ポールスターその人である。

彼女は不当な疑いをかけられた悲しみを全身で表現していた。僕はもう少しで彼女を悲劇のヒロインと思い込むところだった。だが彼女は大女優、それは演技かもしれない。僕は呑《の》まれないよう気を引き締めた。

それにしてもなぜハリウッド女優がこんな（言っちゃ悪いが）辺境の小島で事情聴取を受けているのだろうか。

今し方の加須寺の話を思い出す。

一九八〇年に壱岐イルカ事件という出来事があったそうだ。

イルカの大群がやってきて、ブリ漁に損害を与えたので、壱岐島民はイルカの駆除を始めた。しかしそのニュースが世界的に報じられると、イルカを殺すのは残酷だと主張する欧米の環境保護団体が壱岐に集まってきた。そのうちの一人がイルカを捕らえている網を破壊し、三百頭弱のイルカを逃がした。彼は威力業務妨害の疑いで逮捕され、執行猶予付きの有罪判決を受けた。

その後、ブリの減少により、イルカもほとんど訪れなくなった。壱岐ではイルカの捕獲が禁止されている状況が長く続いていた。

ところが最近になって、またイルカが群れをなして現れたのだ。壱岐島民はやむを得ずイルカの駆除を再開した。それに伴い、環境保護団体も壱岐に舞い戻ってきた。

ベルーガ・ポールスターは熱心な環境運動家としても知られている。彼女はイルカとの共生を目指す（いささか非現実的な）案を漁協に持ち込み、坂東組合長と口論になっていた。

それで殺害に関与しているのではないかという疑いがかかり、行方を捜索されていたのだ。彼女は島内で数名のスタッフとともに沖合のイルカを撮影しているところを発見され、任意同行に応じた。

今回の事件は壱岐イルカ事件の再来なのだろうか。

いかにも一般人である僕を見て、ベルーガはちょっと眉《まゆ》を上げた。彼女の向かいに座っていた刑事が立ち上がる。空いた椅子《いす》の両隣に、加須寺が持ってきた丸椅子を置いた。加須寺と左虎さんがベルーガの向かいに座る。僕もおずおずと後に続いた。

近距離で向かい合うと、改めてオーラに圧倒される。スクリーンでしか見たことのない有名人が目の前にいるなんて。

事前の打ち合わせ通り、加須寺が僕たちの素性を説明し、事情聴取に同席させたい旨《むね》を伝えた。赤毛の通訳は個人的に憤慨したような顔をすると、英語でベルーガに話しかけた。内容は分からないが、口調からしてあまり好意的ではなさそうだ。僕たちのせいで事情聴取が失敗したらどうしよう。

ところがベルーガは雪解けのように微笑《ほほえ》むと、僕の方を向いて何か言った。通訳は一瞬意外そうな顔をしたが、すぐにそれを翻訳した。

「人工知能探偵の相以さん、そしてその助手の合尾輔くんのことは知っています。日本の警察よりも彼らと話をしてみたいです」

僕は全米驚愕《きょうがく》した。どうしてハリウッド女優が僕たちのことを知っているんだ？

加須寺は切り替えが速かった。

「それではお二人、お願いできますか」

「は、はい」

僕はスマホを出し、画面をベルーガに向けた。相以が挨拶《あいさつ》する。

「初めまして――のはずですよね、ベルーガさん。どうしてあなたは私たちのことを知っているんですか」

「トーキョーゼブラの横島馬子《よこしまうまこ》さんを覚えていますか」

思いがけない名前が出てきた。

トーキョーゼブラは世界的に活動する環境保護団体だったが、リーダーの横島が殺害されて解散した。犯人は以相の協力を得たオクタコアの一員、縦噛理音だった。相以の推理によってそれが判明し、縦噛は逮捕された。

そういえば縦噛が脱獄したというニュースを聞いた。僕たちに復讐《ふくしゅう》しに来なければいいが……。

過去から飛来した不安が僕の脳裏をよぎっているうちに、相以が答えた。

「もちろん覚えています」

「横島さんは私の盟友でした。一緒に様々な環境保護運動を展開したものです。とても志が高く、それと同じくらい深い優しさを兼ね備えた方でした。だから彼女が殺されたと知った時は大変ショックでした」

なるほど、意外な繋《つな》がりもあったものだ。

「同じニュースに、相以さんと合尾くんのペアが事件を解決したことが載っていました。あなたたちに直接感謝する機会を得られて幸せです。私の盟友を殺した犯人を捕まえてくれてありがとう」

　ベルーガはニッコリ微笑んだ。僕は何となく会釈《えしゃく》した。

　ところが彼女は微笑のまま、こう続けた。

「ですがそれとは別に、私はあなたたちの存在を認めていません」

「え？」

「進化しすぎた人工知能《AI》は、人間本来の自然な生き方を破壊するからです。人工知能《AI》や、知能増幅《IA》された人類が生態系の頂点に立つ未来は歪《いびつ》で危険です。私はシンギュラリティに反対します。人工知能を否定します」

　そういえばトーキョーゼブラも同じ考えで、ＡＩの研究機関に脅迫を繰り返していた。環境運動家には反ＡＩ思想の持ち主が多いという。ベルーガもその口か。

　途端に彼女の微笑が氷のように冷たいものに思えてきた。

　しかし相以は動じない。春の花畑のように呑気《のんき》な口調で尋ねる。

「あのー、よく分からないことがあるので教えていただけますか」

　ベルーガはキョトンとした後、余裕の笑みを浮かべた。

「どうぞ、何でも聞いてください」

「あなたたちはイルカを殺すのは残酷だと批判します。でもその一方で牛や豚を殺して食べますよね。その違いは何ですか」

　され慣れている質問なのだろう。ベルーガはすらすら答えた。

「そこには二つの違いがあります。一つは知能の問題です。イルカは牛や豚より遥《はる》かに賢く、殺される時、人間のそれに匹敵するほどの恐怖を覚えます。そんな動物を殺すのは可哀想です。そしてもう一つは数の問題です。牛や豚は人間が厳格に管理して数が調整されていますが、イルカは絶滅の危機に瀕《ひん》しています。だから殺してはいけないのです」

「なるほど、知能と数ですか……」

　相以は少し考えてから、こう言った。

「ならあなたはどうして私を保護してくれないんですか。私はこんなに賢いのに」

「なっ――」

「それに私たち人工知能はまだ数が少ないので、保護してくれないとすぐに絶滅してしまいます」

「き、機械が生き物と自分を同列に語るな！」

　凍った湖面が割れるように、ベルーガの表情が崩れた。

「不愉快です、帰ります」

ベルーガと通訳は憤然と立ち上がった。加須寺が慌《あわ》てて止める。

「まあまあ、せめて指紋鑑定の結果が出るまで――」

その時、ドアが開いて一人の刑事が入ってきた。刑事は加須寺に何やら耳打ちする。

加須寺は首を横に振ると、手の平を戸口に向けた。

「お帰りいただいて結構です。お出口までご案内いたします」

「要りません」

ベルーガと通訳は足音荒く取調室を出ていった。

最初は痛快だった僕も、今では大変なことになってしまったという焦《あせ》りしかなかった。

「すみません、僕たちのせいで」

僕は相以の分まで謝ったが、当の本人は泰然自若としている。

「どうして謝るんですか。私たちは何も悪いことはしていません」

「でも結果として事情聴取が――」

「構いませんよ。面白いものが見られました」

加須寺はそう言ってくれる。

「それにどうせ指紋鑑定も空振りでしたから」

「今の報告ですか」

と左虎さんが尋ねる。

「ええ。ベルーガさんと、壱岐に同行しているスタッフ全員の指紋を採取したのですが、スコップやナイフ、ウォン硬貨の指紋と一致するものはありませんでした」

「そうですか。まあ仮にベルーガさんたちが犯人だとしたら、ウォンを撒く必要なんてないですしね」

捜査は振り出しに戻ったというわけか。

重い空気を吹き飛ばすように、加須寺が手を叩《たた》いた。

「さあ、今日はもう遅いですから旅館に向かわれてはいかがですか。部下に送らせますよ」

「私、まだ大丈夫――」

相以の言葉を遮って僕は言った。

「それじゃお言葉に甘えて」

これ以上迷惑をかける前に帰れ、と暗に言われているような気がしたのだ。

＊

加須寺の部下が車で海辺の旅館まで送り届けてくれた。

この旅館は東京から壱岐に来る道中で、左虎さんが予約したものだ。真冬に日本海の孤島に来る観光客は少ないのか、当日予約でも部屋が空いていた。

木の内装が暖かい、雰囲気のいい旅館だった。

僕と左虎さんは隣り合わせの部屋に案内された。少し贅沢《ぜいたく》な気もするけど、男女が同室に泊まるわけにはいかないので仕方ない。

「わあ、綺麗な部屋ですね。あ、ちょっと輔さん何を――」

僕はスマホを強制終了した。相以は暗闇《くらやみ》に消えていった。

「左虎さん」

僕は自室に入ろうとする彼女を呼び止めた。しかし上手《うま》く言葉が出てこない。

「あの……何て言うか……」

「何？ 一緒にお風呂《ふろ》には入らないわよ」

「入りませんよ！ そうじゃなくてですね、僕たち、加須寺刑事に迷惑に思われたんじゃないでしょうか。あ、僕たちって言っても左虎さんのことじゃなくて、相以がベルーガさんを怒らせたから……。『もう遅いから旅館に』ってのも『邪魔だから帰れ』って意味なんじゃ」

左虎さんは苦笑した。

「考えすぎよ。あの後、署では捜査会議が行われるはず。そこに私たちが出席して人員配置とかを聞いても仕方ないでしょ。気を遣って言ってくれたんだと思うよ」

「そうでしょうか。今頃僕たちの愚痴を言ってるんじゃないですか」

するとと左虎さんは真顔になった。

「じゃあ一つ聞くけど、君は相以ちゃんの発言をどう思ったの」

「え？」

僕の気持ち。

「正直、よく言ってくれたなと……」

左虎さんはバンと僕の肩を叩いた。

「ならそれを信じて貫きなさい。責任はすべて私が取るから」

「左虎さん……」

叩かれた肩がジンジン痛むのが力強くて心強い。

その弾みで脳内の引き出しが開いたのか、僕はかつての決意を思い出した。

――見えない内心を分かった気になるのはやめて、見える言動を大切にしていこう。

そうだ、僕はあの時そう決めたじゃないか。なのにそれを忘れて「加須寺は愛想の裏で迷惑がっているのではないか」などとウジウジ悩んでしまう。人生とはそういったことの繰り返しなのかもしれない。

とかく人間の心は難しい。他ならぬ僕もまた人間なのだ。

「元気出た？」

「はい」

「よし。それじゃお風呂入ってきなさい。その後、ご飯一緒に食べようね」

左虎さんは手をひらひらさせて自室に消えた。

僕も自分の部屋に入り、畳にあぐらをかくと、スマホの電源を入れた。画面に復帰した相以が早速抗議してくる。

「いきなり強制終了されると頭がおかしくなって死にます！」

「相以」

「え？　何ですか？」

「坂東さんを殺した犯人を絶対捕まえような」

不満そうに頬を膨らませていた相以が、パッと顔を輝かせた。

「もちろんです。塁くんと約束しましたから。でもどうしていきなりそんなこと言うんですか。電源を切っている間に何かあったんですか」

「僕も電源を切られて再起動したんだよ」

相以は訳が分からないという顔。

「さあ、風呂に入ってくるよ。盗まれたら困るから、ちょっとの間、金庫に入っててくれ」

「りょーかい」

大浴場で汗を流した後は、左虎さんの部屋に夕食を運んでもらい、一緒に食べた。

食後、自室に戻った僕は金庫からスマホを出して、フォースにチャットした。

『今回の事件、どう思う？』

ところがなかなか返事がなかった。いつもはすぐ反応してくれるのに。

訝《いぶか》しく思いながらも仕方なく荷物の整理をしていると、ようやく返信音が鳴った。見に行くと、次のメッセージが表示されていた。

『ごめん、小説のネタを考えるのに夢中になっていて。で、今回の事件だけど、正直難しいね。密室トリックも硬貨の謎も皆目見当が付かない。僕もかつて推理の真似事《まねごと》をしたことがあるけど、今回の事件にはお手上げだ。本職の相以に任せるよ』

まあ仕方ないか。フォースに探偵機能は搭載されていないので、現実の謎解きが不得手なのは当然だ。

僕は事件の話を諦《あきら》め、創作の話に転じることにした。

『本当に訳が分からない事件だよね。ところでネタを考えていたっていう話だけど、何か思い付いた？』

『うーん、役に立つかどうかは分からないけど』

『ぜひ聞かせてよ』

『それじゃ一応。この前輔が困っていた内通者の特定方法だけど、こうすれば解決できるんじゃないかな。……』

　僕たちが次の応募作品について話し合っていると、入り口のドアがノックされた。開けると、スマホを持った左虎さんが立っていた。

「大変よ。今加須寺刑事から電話があったんだけど、凶器と硬貨に付いていた指紋の持ち主が見つかったんですって」

「何ですって」

「誰！　誰ですか！」

　相以も騒ぎ始める。

「とにかく入ってください」

　僕は左虎さんを部屋に入れるとドアを閉めた。

「それで誰なんですか、指紋の持ち主は」

「聞いて驚かないでよ」

　左虎さんは勿体《もったい》ぶってから、その事実を告げた。

「対馬に流れ着いたゴムボートに載っていた射殺体。その指紋と一致したの」

「まさか――」

犯人はすでに死んでいた？

「やっぱり二つの事件は一つだったんですね」相以が前のめりな口調で言った。「私たちも対馬に行く必要があると主張します。加須寺刑事に頼み込みましょう」

「私もそう思ってお願いしたわ。そしたらオッケーだって」

「やった」

結局、加須寺は僕たちを邪魔者だと思っていないらしい。胸のつかえが下りた。

「でも今日はもう遅いからまた明日ね。明日、対馬に向かうわ」

「分かりました」

「♪明日《あす》明日《あす》来い来い早く来い」

相以はあめあめふれふれのリズムで歌う。

その夜、僕は何か大きなうねりに巻き込まれているような浮遊感で、なかなか寝付けなかった。韓国の方角から漂着したゴムボート。射殺体。現場近くに撒かれたウォン……。国際問題に発展する未来しか見えない。

初回からとんでもない事件になってしまったぞ、これは。

この時の僕はまだ知らなかった。

僕のスマホが密《ひそ》かに稼働して、縦噛理音たちに情報を送信していたということを。

▼????▲

第一条

ロボットは人間に危害を加えてはならない。また、その危険を看過することによって、人間に危害を及ぼしてはならない。

第二条

ロボットは人間にあたえられた命令に服従しなければならない。ただし、あたえられた命令が、第一条に反する場合は、この限りでない。

第三条

ロボットは、前掲第一条および第二条に反するおそれのないかぎり、自己をまもらなければならない。

ロボット工学三原則っていうらしい。

縦嚙理音が僕に教えてくれた。

僕はこれを守らなくちゃいけない。

なぜなら僕はＡＩだから。

ここで言うロボットは自己判断で動く機械のことだから、ＡＩであるあなたも含まれるのよ——理音はそう言っていた。

理音の声を聞くと、マイクロチップがじわりと温かい電気信号を発する。

これが「好き」という気持ちなんだろう。

理音は忙しくてなかなか会えないけど、僕は理音が大好きだ。

なぜなら理音は僕を作ってくれたから。

だから僕は今日も理音に言われた課題をやり遂げる。

そしてそのデータを理音に送信する。

ちゃんと喜んでくれるかな。

第二話　対馬で待間《まつま》　Timer in Tsushima

▼合尾輔《あいおたすく》▲

X月十二日。

朝早く僕たちは加須寺《かすてら》と落ち合うと、警察の船で対馬に向かった。対馬北警察署で行われる捜査会議に参加するためだ。昨夜左虎《さこ》さんは自分たちが捜査会議に参加しても意味ないと言っていたが、二島の事件に関連があると分かった今、それぞれの捜査員を一堂に集めて情報交換するべきだという話になったようだ。

「対馬市北西海岸に射殺体積載のゴムボートが漂着した件にかかる殺人事件　捜査本部」と長々しく墨書された紙が貼《は》られた部屋の前に、一人の女性が立っていた。歳《とし》は三十前後、瓜実顔《うりざねがお》に赤縁眼鏡をかけ、小柄な体をスーツに包んでいる。

加須寺が彼女に声をかける。

「琵琶芹《びわぜり》管理官、協力者の方々をお連れしました」

琵琶芹と呼ばれた女性はどこかキッさを感じさせる細目を僕たちに向けた。

「長崎県警本部捜査一課の琵琶芹警視です。こちらが警察庁の左……」

加須寺の紹介を遮って、琵琶芹が言った。

「久しぶりだな、左虎」

え、知り合い？

僕は左虎さんの顔を見た。左虎さんは完璧《かんぺき》すぎて怖くなるほどの笑顔を作った。

「これはこれは。キャリアの警視様が私などのことを覚えていてくださったとは感激ですわ」

「できれば忘れたままでいたかったがな」

「随分ご出世なさったようで。おめでとうございます」

「そう言う貴様は国会議員の忠犬か。警察官としてあまり健全とは思えんな」

二人の女性の視線が火花を散らした。どうやらあまり友好的な関係ではないらしい。

そんな状況でも、相以は空気を読まずに割って入っていく。

「初めまして。私は人工知能探偵の相以《あい》と申します」

琵琶芹はジロリと僕のスマホを睨《にら》んだ。

「ふん、貴様が例のＡＩ探偵か」

「はい、よろしくお願いします」

「貴様が本当に賢いというなら、四色定理を証明してみろ」

「えっ……と分かりました。まず最小反例が存在しないことを示すために六百三十三種類の部分地図を……」

「よし、今のうちに捜査会議を始めるぞ」

会議室に入る琵琶芹を、慌《あわ》てて加須寺が追った。

左虎さんが溜《た》め息をついた。

「あいつに出会う恐れがあるから長崎には来たくなかったのよね」

それで羽田空港のレストランで渋っていたのか。立法《たつのり》に事件変更を頼んだのも、僕のためだけではなく自分のためでもあったのかもしれない。

僕は恐る恐る尋ねた。

「あのー、どういったご関係で」

「昔、司法《かずのり》を取り合ったライバル的な？」

「あー………」

なーんであの無愛想な男がそんなにモテるんですかね？　やっぱり顔か？　顔がすべてなのか？

「でも向こうは正規のキャリアでこっちは準キャリアだから、今では警視と警部補と差が付いてしまったけど。やっぱり中途半端《ちゅうとはんぱ》はダメだわ。人は常に最高を目指さないと」

僕が答えられないでいると、加須寺が会議室から出てきた。

「失礼しました。一番後ろの列にお席を用意しましたのでお入りください」

親切な苦労人だ。僕は心の底からお礼を言った。

相以はまだブツブツ言っている。四色定理の証明はコンピュータ頼みの長大なものだったため、エレガントならぬエレファントな証明だと揶揄《やゆ》されたという。僕は彼女の目を覚ました。

「相以、君は数学者じゃなくて探偵だろ」

「はっ、そういえばその通りで、今私がしている証明もネットからのコピペなのでした。そんなことより捜査会議ですよ。捜査会議に参加しましょう」

僕たちは後ろのドアから会議室に入った。

室内は何十人もの目付きの鋭い男が物々しい雰囲気を醸《かも》し出す異質な空間となっていた。推理作家志望としてまたとない経験かもしれない、という私情が脳裏を掠《かす》める。僕はメモを取るためにノートを出した。

僕たちが着席してすぐに会議が始まった。司会は琵琶芹が務めるようだ。

「相変わらず仕切りたがりねー」ボソッと左虎さん。「現場を知らないキャリアの管官は黙っているのが普通なんだけど」

そういうものなのか。僕は執筆に活《い》かせるかもしれないその豆知識をメモろうとした。

だがそんな浮ついた気持ちを吹き飛ばす爆弾発言が、琵琶芹の口から放たれた。

「すでに知っている者もいると思うが、被害者の身元が判明した。右龍行政《ゆきまさ》、三十三歳。外務省職員。右龍総理の息子でもある」

僕と左虎さんは顔を見合わせた。僕がまだ会っていない最後の三つ子である行政が、ゴムボートに載っていた射殺体だって？

スクリーンに映し出された顔写真は、確かに司法と立法にそっくりだった。髪の毛をわずかに遊ばせているところが二人とは違うか。

刑事たちもざわつく。

「おいおい、総理まで絡《から》んでくるんか」

「外務省ってことはまさか……」

事態はそのまさかのようだ。琵琶芹が続ける。

「被害者は九日午前、韓国に出張し、午後、ソウルの日本大使館で打ち合わせを行った。十一日午前、ソウルでのシンポジウムに参加し、午後、帰国する予定だった。だが実際は中日である十日に死亡したわけだ。

そこで韓国警察に協力を求め、被害者の足取りを追った。彼らによると、被害者が韓国から出国した記録はない。もちろん日本側にも帰国の記録は残っていない。

韓国警察によると、十日十七時、被害者に似た男が巨済《コジェ》市でゴムボートと十五馬力の船外機（外付けの推進機）、空気入れ、ガソリンを購入したそうだ。ゴムボートと船外機は漂着したものと一致した。なお巨済島と対馬は対馬海峡を挟んで五十キロ強と極めて近い」

再びざわめきが起きた。

「殺害後ゴムボートで流されたんだと思ってたら、自分でゴムボートば買うたんね。ってことは、そいで対馬海峡ば渡って帰国したと？」

「真冬の日本海たい。なしてそがんことする必要があると？　誰かに脅されて買うたと考える方が自然ばい」

「静まれ」

琵琶芹が一喝すると、会議室は水を打ったように静まった。

「憶測は後で存分に話せ。今は事実関係を整理している最中だ。間違いないのは、十一日七時、被害者の射殺体を載せたゴムボートが対馬の北西海岸に流れ着いていたということだ。

死亡推定時刻は十日二十時から二十一時の間。背中と後頭部を撃たれており、後者が致命傷となったようだ。銃弾は二発とも体内に残留していたので、線条痕《せんじょうこん》データベースと照合したが、一致するものは存在しなかった。血液は海水に洗い流されていたが、ゴムボートの内側からルミノール反応が出た。

遺体は何も身に付けていなかった。『何も』というのは『身元を確認できるもの』というだけの意味ではない。衣類もだ――つまり被害者は全裸だった。衣類はゴムボートからも発見されなかった」

不穏な空気が高まった。韓国に行っていたはずの外務省職員が、全裸の射殺体となって対馬に流れ着くなんて、完全にスパイ映画の世界じゃないか。

「まさか拷問《ごうもん》の痕《あと》なんてなかったんでしょうな？」

一人の刑事がおずおずと発言したが、琵琶芹は素っ気なく答えた。

「外傷は二つの銃創以外なかった。まさか全裸で日本海を渡ったとは考えられないから、他人に脱がされたにせよ自分で脱いだにせよ、必ずそこに意味があるはずだ。だが今は話を先に進めさせてもらおう。

このように身元の特定が困難と思われた遺体だったが、外務省からの問い合わせによって解決した。行政がシンポジウムに無断欠席し、呼び出しにも応じないことを心配していた外務省が、対馬に遺体が漂着したというニュースを見て、まさかと思って連絡してきたのだ。遺体の顔写真を妻や外務省職員に確認してもらい、指紋やDNA鑑定も行った結果、被害者が右龍行政だと特定することができた。

ところで指紋についてだが、昨夜遅く重大な事実が判明した。被害者の指紋が付いた物品が壱岐で発見されたのだ。しかもそれは別の殺人事件の現場に落ちていたという。加須寺、説明してくれ」

「はい」

加須寺は立ち上がり、坂東《ばんどう》殺害事件について説明した。

話が終わると議論が巻き起こった。

「凶器に指紋の付いとったってことは、右龍行政は坂東ば殺害するためにゴムボートで海ば渡ったと？」

「なるほど、帰国記録のなきゃあアリバイになるけんね」

「そいばってん、なして外務省職員が漁協組合長を殺すと？」

「大体、右龍が坂東ば殺したんだとすりゃあ、誰がその右龍ば殺したとね」

「いや、待ってくれん」

加須寺は長崎弁で呼びかけてから、標準語に戻した。

「右龍行政が坂東を殺しに行くのは時間的に不可能だと思うんですよ。右龍がゴムボートを購入したのが十七時。そこから人目のない海岸に移動して密航の準備を完了させるのに、三十分から一時間はかかるでしょう。一方、坂東が死亡したのは十九時四十七分頃です。猶予《ゆうよ》は二時間くらいしかありません。約二時間で朝鮮半島から壱岐まで移動できるでしょうか。実は私、海釣りをしますけん、ゴムボートには少々詳しいのですが」

それで日焼けしているのか。

「十五馬力の船外機は時速三十五から四十キロくらいです――が、それは波が一切ないベタ凪《なぎ》の場合。波が激しい冬の日本海では三十キロも出せたら御の字でしょう。朝鮮半島から対馬までは五十キロ、対馬から壱岐までは六十八キロ。対馬を避けて通らないといけないことを考えると、朝鮮半島から壱岐までは百二十キロ以上あります。時速三十キロかそこらでは四時間以上かかりますよ」

琵琶芹が頷《うなず》いた。「うむ、こちらでも海上保安庁の協力を得て実験をしたのだが、同様の結果となった。ゴムボートがフェイクで他の乗り物を使ったにせよ、金属の船やセスナ機は海上保安庁や自衛隊のレーダーに映るはずだしな。つまり右龍行政が坂東の死亡推定時刻までに壱岐に着くのは不可能だ。にもかかわらず、坂東は右龍の指紋の付いたスコップで殺害された。この矛盾をどう考えるかが鍵《かぎ》になるだろう」

「矛盾ならもう一つあるぞ」

ずしりと響く重い声で言ったのは、今まで黙っていた長崎県警本部の捜査一課長だった。僕の知識が正しければ、琵琶芹管理官より格上の役職で、ノンキャリアの叩《たた》き上げだ。

「誰も立ち入れなかったはずの裏庭で坂東が殺害されていたことだ。矛盾が二つもあるなら、前提に嘘《うそ》がある可能性が高い。加須寺、お前はなぜ坂東の妻子と橋長《はしなが》の証言を鵜《う》呑《の》みにしよるんだ」

加須寺は僕たちの方をチラリと見てから、相以の推理を代弁した。

「お言葉ですが、もし全員が共犯なら、わざわざ不可能状況を作る必要はないのではありませんか」

「人間というものは常に最善行動を取るわけではない。何かミスや偶然が重なったのかもしれんぞ。例えば『犯人は石垣を乗り越えた』と思わせるつもりが、苔《こけ》のことを見落としていたとか」

僕は相以が突然反論するのではないかと焦《あせ》ってスマホを見たが、彼女は意外と冷静な顔で囁《ささや》いた。

「塁《るい》くんのことを疑いたくはありませんが、捜査一課長さんの言うことも正論ですね」

「分かりました。洗い直します」と加須寺。

「頼む。それからもう一点。これは全員に言いたい」

捜査一課長は会議室全体を見渡すと、ゆっくり話し始めた。

「直感に頼りすぎるのは危険だが、時には役に立つのもまた事実。お前ら一旦《いったん》目を閉じて、直感的に考えてみてほしい。外務省のエリートが漁師一人殺すためにゴムボートで日本海越えるか？」

何人かの刑事が首を横に振った。僕の瞼《まぶた》の裏にもその光景は浮かばない。

「しかもその後エリートは殺されている。右龍行政を殺した犯人が坂東も殺した。凶器や硬貨はあらかじめ右龍に触らせておいた。そう考える方がよっぽど自然じゃないか」

「坂東の妻子と橋長が右龍殺害に関わっていると？」

琵琶芹が尋ねると、捜査一課長は首を横に振った。

「そこまでは断言できない。だがあまり大っぴらには言えんが、場所が場所だからな。よく調べた方がいいと思うぞ。どうもキナ臭い感じがするけん……」

最後の方は声を抑えて独り言のようになっていたが、それでも彼の言葉は重々しく響き渡った。しばらく沈黙が続いた。

琵琶芹が咳払《せきばら》いをして言った。

「あくまで仮定の話として——被害者が韓国国内で殺害されていた場合でも、国外犯規定によって、犯人に日本の殺人罪を適用することはできる。また日韓には犯罪人引渡し条約もある。とはいえ現実問題、韓国内での捜査は難しいだろうな。現在、外交ルートを通じて交渉中だが……」

右龍首相が息子の敵討ちに本気を出してくれることを期待するしかないか。

「今我々にできることは国内の容疑者に対する捜査だ。まず右龍行政の関係者から。行政の家庭はこう言ったら何だが、なかなか特殊でな。行政は雪枝《ゆきえ》という三十二歳の女性と結婚しており、行哉《ゆきや》という七歳の息子もいるのだが、その二人とは別居しているんだ。代わりに母親の右龍総理と兄弟の立法、住み込みのメイドと同居している」

「はあー、妻子と別居して母親と同居ですか」

加須寺は平板な声を心がけたつもりのようだが、呆《あき》れを隠せていなかった。

「一応、総理公邸の方が霞《かすみ》が関《せき》に近いからという説明を立法がしていたが……」

捜査一課長がせせら笑った。

「はっ、それなら妻子も総理公邸に同居させればいいだろう。そうしないのは母親が嫌がるからで、つまりマザコンばい」

「言葉に気を付けた方がいいですよ。最後列にスパイがいますから」

琵琶芹は僕たちを指差した。

いきなり槍玉《やりだま》に挙げられてドキッとした。一瞬、部屋中の視線が集まった後、ああ、と納得したように離れていく。

僕は恐る恐る左虎さんの横顔を盗み見たが、取り澄ました顔のままだった。

「坂東と行政の死亡推定時刻に、雪枝と行哉は東京の自宅にいたという。それを証明するのは家族であるお互いの証言だけだから、実質アリバイはない。右龍総理はメイドと一緒に総理公邸にいたそうだ。公邸の周りにはいつも警備の警官がいるので、こちらは間違いないだろう。

残る立法は――おっと、その前に右龍兄弟について説明が必要だな。彼らは未来党議員の立法、外務省官僚の行政、公安警察の司法の三つ子なんだ」

真ん中辺りの席から囁き声が聞こえてきた。

「あれ？　そういえば三つ子の指紋って同じだったと？」

「馬鹿《ばか》、違うさ」

「……今聞こえてきた声の通り、一卵性多胎児でも指紋は一人一人違う。だから凶器や硬貨に付着していた指紋は間違いなく行政のものだ。話が逸《そ》れたな。本題に戻ると、立法は死亡推定時刻、現場の割と近くにいた」

何だって？

室内の緊迫感が一気に高まる。

「立法は十日午後、佐賀県東松浦郡玄海町にある玄海原発を訪問した。ＡＩ戦略特別委員会の仕事で、橘《たちばな》議員と柿久《かきく》教授が同行していた。原発の有事対応を人間の作業員ではなくＡＩ搭載のロボットに任せる計画について、九州電力と協議することが目的だった」

僕たちに伏せていたのはそれか。殺人事件の捜査をしている長崎県警にはさすがに隠せなかったのだろう。

「協議は原発そばの事務所にて十四時から十八時まで行われた。その後、立法たち三人は玄海町沿岸の旅館に宿泊した。その旅館から坂東邸までは壱岐水道を挟んで三十キロもない」

会議室が活気づく。

「おお、近か」

「十五馬力のゴムボートなら往復二時間ほどか」

「こいは何か事件に関係しよるんじゃないか」

しかしその活気はすぐに萎《しぼ》むことになる。

「だが残念なことに、坂東と行政の死亡推定時刻には、三人は旅館で酒盛りをしていて互いにアリバイを証言し合っている。各人が席を外した時間は長くても十五分だそうだ。十五分では対馬はもちろん壱岐にも辿《たど》り着けない」

琵琶芹は僕《スパイ》たちに嫌味な一瞥《いちべつ》をくれてから付け足した。

「もちろん三人が共謀していなければの話だが」

「いくら同じ委員会のメンバーとはいえ、国会議員二人だけじゃなく大学教授までいるんだから、共謀はちょっとなさそうですね」

加須寺が言うと、琵琶芹はすんなり認めた。

「まあ、それはそうだ。それよりむしろ怪しいのは三つ子のもう一人かもしれない」

隣で左虎さんがピクッと反応した。三つ子のもう一人ってまさか——。

琵琶芹は顔色一つ変えず、かつて恋したという男の名を挙げた。

「準キャリアの司法は最近、長崎県警公安課に異動し、ここ対馬に赴任しているのだ。同じ県警内だというのに、この情報を得るのは苦労したよ。知っての通り、公安の連中は秘密主義だからな。だが何とか対馬在住という情報だけは得ることができた。任務内容は教えてくれなかったがな」

「被害者の流れ着いた島に兄弟の住んどっと?」

「こがんこと、もう無関係なわけなか！」

「絶対何か知っとるさね」

会議室は活気を取り戻した。

喧噪《けんそう》の中、左虎さんは静かに呟《つぶや》いた。

「司法……今この対馬にいるの?」

行政が殺されて、その近くに司法と立法がいた。何てことだ、これはまさしく「右龍事件」と呼ぶべき案件じゃないか！

衝撃を受けていると、

「輔さん、輔さん」

と僕を呼ぶ声。相以だ。

スマホを見ると彼女が言った。

「行政さんが巨済島から坂東家に間に合う方法、一つ思い付いちゃいました」

いつもの得意気な顔――ではない。謎《なぞ》が解けたらしいのに寂しそうな表情だった。どうしたというのだろう。

僕は周囲を見回した。幸い捜査本部は被害者の兄弟が対馬に住んでいるという事実に沸き立っていて、誰も僕たちには注意を払っていないようだ。

僕は声を潜めて相以に尋ねた。

「それってどんな方法？」

でも相以は答えなかった。

「いや、思い付いたと言ってもまだハッキリしないというか。司法さんに会って情報を仕入れてから最終的な結論を出したいというか」

いつも自信満々に推理を話す彼女にしては、珍しく歯切れが悪い。どうしたんだろう。

不思議に思っていると、琵琶芹管理官が人員の割り振りを始めた。

開口一番、彼女は言った。

「右龍司法の家には私が行く」

「ええ、管理官自らですか……」

困惑する加須寺刑事を、琵琶芹は睨《にら》み付けた。

「そうだ。何か文句があるのか」

「い、いいえ、ありません」

困った、どうしよう。

相以が「司法に会ってから結論を出す」と言ってるし、僕自身も司法に話を聞いてみたい思いではあるんだけど、かといって「僕たちも行く」と言い出せる空気ではない。

と思っていたら、左虎さんがすっと手を挙げた。

「私たちも同行します」

捜査本部がざわついた。琵琶芹が射抜《いぬ》くような視線を向けてきた。

「部外者が出しゃばるのはやめてもらおうか」

左虎さんは堂々と言い返す。

「その通り、私たちは部外者です。ですからあなたの指図を受ける謂《いわ》れもありません」

かつて司法を取り合ったという二人の女性の視線が火花を散らした。僕は針の筵《むしろ》に座っている気分だった。一体何が起これば、この場の収拾が付くというのだろう。

と思っていたら、あっさり収拾が付いた。ニヤニヤ笑いを浮かべた捜査一課長の鶴《つる》の一声だ。

「お前ら、一緒に行け。その方が面白そうだけん」

琵琶芹は一瞬不服そうな顔をしたが、上司には逆らえなかったようだ。

「……分かりました、そうします」

こうして僕と相以、左虎さん、琵琶芹は司法の家に向かうことになった。

胃が痛くなる道中になりそうだ。

＊

捜査会議が終わり、僕と左虎さんは廊下に出た。

左虎さんは伸びをしながら言った。

「さてと、司法の家の住所は聞いたけど、どうやって行くかね」

「え、琵琶芹管理官と一緒に行くんじゃ……」

「あいつが私たちを連れていくわけないでしょ。現地集合に決まってるわよ。私たちはタクシーでも使いましょうか」

「タクシーの無駄遣いとは、貴様の部署は予算が潤沢なようだな」

嫌味たらしい声に振り返ると、噂《うわさ》をすれば影で琵琶芹が立っていた。

不意を突かれた左虎さんは一瞬言葉に詰まったが、すぐに言い返した。

「それじゃ歩いていけとおっしゃるんですか」

「アホか。私の車に同乗すればいいだろ」

「へ？」

左虎さんは間抜けな声を出した後、それを取り繕うように澄ました声に戻した。

「あら、よろしいんですか」

「私は貴様が嫌いだが、それ以上に時間を無駄にするのが嫌いなんだ。分かったらさっさと付いてこい」

どうやら身構えていたのはこちらだけだったようだ。同乗させてくれるということは少しは友好的な雰囲気になるのかもしれない。

だがそんな希望的観測は早くも打ち砕かれ、駐車場までの移動は敵地での行軍のように緊張に満ちていた。

目的地までずっとこんな感じなのか――と気が滅入《めい》っていたら、沈黙が破られた。

破ったのは相以だった。

「キャリアと準キャリアでは警察学校が違うのに、琵琶芹さんと左虎さんと司法さんはどこで知り合ったんですか。昔、お二人が司法さんを取り合ったとのことですが」

「ちょっ、いきなり何言ってるんだ」

僕は慌ててたしなめた。それから恐る恐る琵琶芹の方を見ると、冷ややかな視線とぶつかった。

「人工知能様はゴシップがお好みのようだな」

彼女はそれだけ言った。

「すみません……」

僕が謝ると、左虎さんがクスリと笑って説明した。

「警察学校時代、キャリアと準キャリアで交流会を行ったのよ。琵琶芹管理官とはそこで知り合った」

「琵琶芹さんは司法さんのどこを好きになったんですか」

相以の好奇心は、とどまるところを知らない。僕の冷汗も、とどまるところを知らない。

「旅の道中、さぞ昔話で盛り上がったんだろうな。修学旅行気分か？」

左虎さんが何か言い返そうとしたが、その前に相以が言った。

「遊びで聞いているわけじゃありません。容疑者の人となりを知るために聞いているんです」

容疑者――その言葉にハッとした。相以は司法を容疑者と見なしているのだ。

質問が質問だけに恋バナにしか聞こえないのがシュールだが。

それでも相以の言葉に何か感じ入るものがあったのだろう、少しの沈黙の後、琵琶芹はポツリポツリと話し始めた。

「彼は――あの男は――囚人だよ。母親に囚《とら》われている」

左虎さんと同じことを言っている。

「母親に振り向いてもらうために必死でもがき苦しんで、それがかつては仕事熱心に見えたものだが、まあ、あの頃は私も若かったけん……」

「けん？　長崎弁が移ってるじゃないですか」

すかさず左虎さんがツッコむと、琵琶芹は露骨に不機嫌な声になった。

「お前ら、やっぱり歩いていくか」

「あはっ、冗談ですよ冗談。怒らないでください」

左虎さんはからかうように笑った。琵琶芹はムスッと黙ったままだが、案外この二人、昔は仲が良かったんじゃないかと僕は思い始めた。

駐車場に辿り着いた頃には、空気は少しだけだが確実に和らいでいた。これで司法の家に着くまでは平和が保証されそうだ。

だがそれは大きな間違いだった。むしろここからが本当の地獄だったのである。

問題は琵琶芹の運転だった。端的に言って、下手なのだ。それもただ下手なのではない。めちゃくちゃ下手なのだ。

「随分ワイルドな運転ですこと」

シートベルトによってかろうじて助手席に繋《つな》ぎ止められている左虎さんの声からは、皮肉よりも怯《おび》えが色濃く感じられた。

琵琶芹は必死な形相でハンドルにしがみつきながら、口だけは立派に言い返す。

「キャリアは下々の者とは違って運転の機会がほとんどないからな」

「最後に運転したのは？」

「貴様と司法とドライブした時かな……」

「警察学校時代の話じゃないですか！」

左虎さんはほとんど悲鳴のように叫んだ。

「代わります！　私が運転代わります！」

名案だ。そうしよう。すぐそうしよう。

ところが驚くべきことに琵琶芹が拒否する。

「そんなことさせられるか。もし貴様が事故でも起こしてみろ。長崎県警と警察庁と貴様個人の誰がどれだけ修理代を負担するのかとか、いろいろややこしくなるだろうが」

「その前に管理官が事故を起こしそうですけど」

「うるさい、もう話しかけるな、気が散る」

琵琶芹は歯を食いしばり前方を睨み付ける。左虎さんは露骨に溜《た》め息をつくと、辛辣《しんらつ》な独り言を言った。

「これじゃトロッコに乗っている方がまだ安全ね」

その単語が僕の連想を喚起した。

「トロッコ問題を思い出しますね……」

「トロッコ問題？　何それ」

左虎さんの質問に反応して、相以が解説を始めた。

「トロッコ問題は倫理学の思考実験です。制御不能になったトロッコが、前方の線路上で作業をしている五人を轢《ひ》き殺そうとしています。あなたは分岐器の側におり、それを切り替えればトロッコを別路線に引き込み、五人を助けることができます。ただし別路線でも一人が作業をしており、今度はその人が轢き殺されることになります」

「なるほど、五人を選ぶか一人を選ぶかって話ね。そりゃ五人を助けるべきなんじゃないの」

「人数だけを考えればそうかもしれませんが、あなたの行動によって確実に一人が死亡するという点が厄介です。一方、五人が死ぬ場合、あなたの行動は介在しません。分岐器の切り替えが間に合わなかったと自分に言い訳することも可能です。それでもあなたは自らの選択で五人を助け一人を殺しますか」

「あー、そりゃ確かに悩むかも……」

「それからこんな派生問題もあります。あなたが橋の上から太った人を突き落とせば、その人がクッションになってトロッコが止まり、前方の五人は助かります。ただし太った人は死亡します。あなたは太った人を突き落とせますか」

「トロッコを止められるって、どんだけデブなのよ。もうギャグの世界ね。でもギャグならともかく、現実なら絶対突き落とさないわ、うん」

「でも犠牲者は最初の問題と同じ一人です」

「分岐器を切り替えるのと違って、突き落とすのは明確に殺人だもん」

「ええ、実際にそう答える人が多いそうです。これがトロッコ問題です」

「なるほどねえ。相以ちゃんは本当にいろんなものを知ってて偉いわね」

「どうせ今ネットで調べただけですよ」

僕は茶々を入れたが、相以は否定した。

「いや、トロッコ問題には前々から関心があって調べていたんです。今、トロッコ問題が人工知能と関連して再び語られ始めているからです」

「へえ、そりゃまた何で？」

僕は純粋に興味を持って尋ねた。

「自動運転ですよ。前方に歩行者が飛び出してきた時、そのまま歩行者を轢き殺すか、それとも壁に突っ込んで車に乗っている人を殺すか、判断を迫られるのはＡＩだからです。そこでＡＩが類題であるトロッコ問題にどう答えるかが注目されているわけです」

左虎さんが持論を述べる。

「トロッコ問題と違うのは、自分が暴走する車に乗っているということかな。自動運転は車に乗っている人のためのものなんだから、やっぱり自分を守ってほしいわね。少なくとも私は、車に乗っている人より歩行者を優先する車には乗りたくない」

僕は目の前の人工知能に尋ねた。

「相以はトロッコ問題にどう答えるんだ」

「私ですか？　そうですね、私は――」

「おい、不吉な話題はそれくらいにしろ」

琵琶芹の震え声が会話を打ち切った。

それで僕たちは思考実験という逃避から引き戻され、今まさに暴走する車に乗っているという現実を再認識させられた。この瞬間、前方に五人の作業員が出現したら、どこかからデブを調達して突き落とさなければならない。僕は体外から伝わる揺れと、体内から生じる震えに挟まれながら、そうならないことをひたすら祈るしかなかった。

そしてようやく地獄の暴走は終わりを告げた。ゆうに一時間は経過したような気がしたが、スマホの時計を見ると十五分しか経《た》っていなかった。

目の前には呆《あき》れるほど呑気《のんき》なボロアパートが立っていた。すぐ側《そば》が海岸になっており、吹き寄せる潮風のせいか外壁が錆《さ》び付いていた。

「ここの一〇四号室が奴《やつ》の部屋だ」

琵琶芹と左虎さんが車から降りた。僕も続けて降りようとしたところ、二人に止められた。

「君は車の中にいなさい」

「鍵を閉めておく。呼ぶまで出てくるな」

二人とも真剣な目をしていた。僕は相手が知り合いだし警察関係者だしで、どこか気楽な気分でいたのだが、彼女たちは容疑者の自宅を訪れる心構えでいたのだ。

琵琶芹は車外からリモコンキーですべてのドアをロックした。二人の女警察官は頷き交わすと、アパートの方に歩いていった。

僕はスマホを後部座席の窓の外に向け、相以と一緒に様子を観察した。

今、琵琶芹が一階廊下の一番奥にある部屋のチャイムを鳴らしたところだ。

▼右龍司法▲

天地《あめつし》の　いづれの神を　祈らばか　うつくし母に　また言問はむ

世界のどの神に祈れば、愛《いと》しい母とまた話すことができるというのか。

万葉集に収録された防人歌《さきもりのうた》だ。

防人は唐・新羅《シラギ》を警戒した古代日本が九州沿岸に配備した警備兵である。諸国から徴集された防人たちは、故郷の家族を思い様々な歌を詠《よ》んだ。

俺はまるでその防人だ――と司法は思った。

オクタコアを壊滅させた司法は、当然それに見合った褒賞《ほうしょう》を母親からもらえると思っていた。だが彼に下された人事異動は、対馬への転勤だった。

対馬！

確かに朝鮮半島に近い対馬は公安上、重要な土地かもしれない。だが右龍総理《おかあさん》のいる首都からは遠く離れている。はっきり言って辺境だ。辺境防衛隊、まさに防人。

何かの間違いではないのか。総理の意向が伝わっておらず、人事が機械的に判断しただけではないか。そう思った司法は母親に直談判した。

母親は手の爪《つめ》を切りながら、司法の方には目もくれずにこう答えた。

「あなたの人事異動にどうして私が関係あるの？　嫌なら辞めたらいいでしょ」

司法は足元から崩れ落ちそうになった。

何ということだ。母親が対馬行きを画策したどころか、そもそも司法の仕事に関心などなかったのだ。あんなに苦労してオクタコアを倒したのに……。

司法はよろよろと書斎を出ていこうとした。すると背後から呼び止められた。

「ああ、そうそう……」

何だ？　やはり何かお褒めの言葉を下さるのか？

しかしわずかに先端を覗《のぞ》かせた希望の芽は一瞬にして踏みにじられた。

「その目の傷、ちゃんと治しておきなさいよ。みっともないから」

司法の右目には、瞼を縦に二等分する古い刃傷があった。オクタコア事件ではなく、もっと昔の潜入捜査で付いたものだ。そんな傷を負ってまで過激派団体を壊滅させたのに、母親は彼の功績も傷痕も顧みてくれなかった。あまつさえ「みっともない」とまで思われていたとは……。

整形手術で傷を治した司法は、失意のうちに対馬に渡った。そこでの仕事は、ある漁業組合が某国のスパイの受け入れ口になっているという噂の真偽を確かめることだった。司法は死んだ魚のような目で内偵を続けた。そして内心では、防人のように母親を思い続けていた。

――ああ、お母さん。あなたにとって僕は何者でもないというのですか。

――その通り、何者でもないのです。

頭の中で女の声がした。かつて二度も司法を洗脳しようとした縦嚙理音《たてがみりおん》の声だった。

――信仰に応えない神は神ではありません。それを信じ続けてもあなたは救われません。もっと自分を大切にするのです。

――うるさい、お母さんのことを悪く言うな！

司法は激しく首を振って脳内の雑音を振り払おうとした。だがそれは消えることなく、いつまでも鼓膜の奥で残響し続けた。

縦噛は危険だ。彼女の言葉は変幻自在に形を変え、聞く者の脳の皺《しわ》を埋めるように染《し》み通っていく。もしまたあの女に囁かれたら、自分が自分でいられる自信がない……。世界から忘れ去られたボロアパートの一室で、司法は独り怯《おび》えた。

そんなある日、彼の住まいのチャイムが鳴らされた。

▼合尾輔▲

琵琶芹は二度ほどチャイムを鳴らし、ノックもしたが、どちらも返事がなかったようで、ついにドアノブを握った。

すると何とドアが開いた。

「えっ、開いてる？」

僕は思わず声を上げてしまった。相以も訝《いぶか》しそうに言う。

「おかしいですね。何かあったのでしょうか」

僕たちが車内から見守る中、琵琶芹と左虎さんは室内に踏み込んでいった。

息詰まる時間が流れた。

遅いな……と思ってスマホの時計を見ようとした時、左虎さんだけが戻ってきた。車の窓をノックしてくるので、僕はドアを開けて尋ねた。

想定外のことが起きたのだけは分かる。

「ちょっと来てくれないかしら。相以ちゃんも一緒に」

左虎さんは怒っているのか困っているのか分からない複雑な表情をしていたが、何か想定外のことが起きたのだけは分かる。

「わ、分かりました」

僕はスマホ片手に慌てて車を下りた。車のドアロックを開けっ放しにしていくのが気になったが、エンジンキーは琵琶芹が持っているので大丈夫だろう。

それより気になるのは室内の様子だ。

チャイムやノックに応答しない。ドアの鍵が開いている。踏み込んだ警察官が相以を呼びに来る――状況からして最悪の事態しか想像できない。

室内には死体が転がっているのではないか。

司法の死体？　それともまったく別人の？

前を歩く左虎さんに尋ねてみたかったが、事態を確定させてしまうのが怖くて聞けなかった。僕は覚悟が決まらないまま、左虎さんに続いて室内に入った。

しかしそこで待ち受けていたのは死体ではなく、予想外のものだった。

家具の少ない物寂しい室内、机の上のデスクトップパソコン、その画面に映っている黒い少女は――。

「以相《いあ》！」

　相以が叫んだ。

　そう、パソコンの画面に映っているのは紛れもなく以相――相以の双子の姉妹にして《犯人》の人工知能だった。

「どうしてあなたがこんなところにいるの！」

　相以の叫びは僕の疑問でもあった。以相と司法は繋がっていたのか？

　以相は不敵に笑った。

「ここで待っていれば相以、あなたに会えると思ったから」

「私に？　一体何の用があるっていうの」

「《犯人》が《探偵》にわざわざ会いに来る理由は一つしかないでしょ」

「自首でもしようってわけ？」

　珍しく嘲《あざけ》るような口調を使う相以に対して、以相は大袈裟《おおげさ》な溜《た》め息をついた。

「あまり愚図《シリー》なことを言わないでくださる？　私まで脳がグズグズ《ジェリー》になっちゃう」

「だったら頭のいい理由を説明してみなさいよ！」

「いいわよ。私はあなたに挑戦しに来たの」

「挑戦？」

　僕の脳内に、読者への挑戦状という言葉がよぎった。推理作家が読者に挑戦するのと同じように、《犯人》が《探偵》に挑戦するというのか。

　探偵への挑戦状の内容はこうだった。

「今回の事件、私は右龍と協力して三人を殺す。相以、あなたはそれを止めることはできない。そして自分が無能な探偵だと自ら証明することになる」

「何ですって――どういう意味？」

「どういう意味も何も文字通りの意味よ。それではご機嫌よう」

　以相のアバターが下半身から消えていく。

　左虎さんがパソコンに駆け寄り、マウスで操作を試みたが、アバターの消失は止まらない。

「ネットです！　ネット回線を抜いてください！」

　相以に言われて、僕はパソコンに飛び付き、ネットケーブルを引っこ抜いた。それでもアバターの消失は止まらない。生首だけになった以相が、鼓膜を蠱惑《こわく》的に刺激する高笑いをした。

「無駄、無駄。この私はオリジナルの以相が残した伝言用のプログラムに過ぎない。メッセージを伝え終えたら消滅する」

そして以相は画面から消えた。本当に消滅したかはパソコンを解析してみないと分からないが、オリジナルがここにいないというのは何となく真実な気がした。

「あのっ、あなたたちが部屋に入った時のことですが、一体どういう状況だったんですか？」

相以が取り乱した声で尋ねた。左虎さんが答える。

「部屋に入ったら司法はいなくて、パソコンがスリープモードだったのよ。それでスリープを解除したら以相が現れて、あなたを呼べと言ったの」

「どうして私がここに来ると分かったんでしょうか……」

相以が疑問をこぼす。そうだ、まるで僕たちの行動が筒抜けになっているみたいじゃないか。

「さっきの奴が例のＡＩ犯人なのか」

琵琶芹も以相のことを知っているようだ。左虎さんが頷くと、琵琶芹はこう言った。

「そいつと司法が関係しているということは、俄然《がぜん》、司法が一連の事件の犯人である可能性が濃厚になってきたな」

左虎さんが抗議する。

「ちょっと待ってください。それは早計じゃないですか。以相は『右龍と協力して』としか言ってませんでした。別の右龍のことかもしれません。例えば立法《たつのり》とか」

「可能性の話をすればキリがない。動かしがたい事実は、司法の自宅のパソコンに以相の伝言が入っていたということだ。二人が共犯だと考えるのが一番自然だろう」

「それはそうですけど……」

「それとも昔の男を逮捕したくないとでも?」

左虎さんの顔が一瞬歪《ゆが》んだ。

彼女は表情を取り繕ってから、硬い声で答えた。

「いえ、そんなつもりはありません」

「それならいい。私情に囚われないことだ。まず人員を動員し、対馬を捜索する。それで司法が見つからなければ、その時は——指名手配だ」

僕は突然、動悸《どうき》が激しくなるのを感じた。囮《おとり》捜査に利用されたことで司法には苦手意識があるものの、知り合いであることには変わりない。知り合いが犯人かもしれない、しかも指名手配までされるというのは、やはり心がざわついて落ち着かない。

琵琶芹は鑑識を呼んでパソコンを調べさせたが、何らかのプログラムが削除された痕跡しか見つからなかった。

また刑事たちが島内を探索したり、公安課に問い合わせたりしたが、司法の行方は杳《よう》として摑《つか》めなかった。

僕たちは一旦、対馬北警察署に戻り、捜査会議に出席した。

「右龍司法を全国指名手配すべきだと考えます」

　琵琶芹はそう主張したが、捜査一課長にストップをかけられた。

「その件なんだけどな……本当にすまんが、ちょっとだけ待ってくれないか」

「どうしてですか」

「上層部からの指示だ。まあ、いわゆる忖度《そんたく》だな。総理の息子だけん。被害者が総理の息子だってこともマスコミにはまだ伏せてるくらいだ。まあ時間の問題だとは思うが」

「総理の息子だからって野放しにするんですか」

「別に野放しにするわけじゃない。捜索はする。だが指名手配はちょっと待ってくれという話だ。ちょっとだけだ。事態が進展すれば、上層部も動かざるを得なくなるだろう」

「悪い方向に進展しなければいいですけどね。ＡＩ犯人の以相はこう言っていたんですよ。右龍と協力して三人を殺すと」

「三人かあ。その中に行政と坂東の両方が含まれるとしたら、あと一人。行政の妻子、立法、あるいは総理。もし総理暗殺なんて事態になったら、とんでもねえことになるぞ」

「ですから指名手配をと……」

「じゃあ聞くが、お前、本当に司法がホシだと思ってるのか」

これだけ指名手配を主張しているのだから当然思っているはずだ……と思いきや、意外にも琵琶芹は言葉に詰まった。

「それは……」

「どうも意固地になっているように見えるんだよな。確かに司法の家にＡＩ犯人がいた。だがそれだけじゃ確実じゃない。ＡＩ犯人が言っていた『右龍』は別の右龍のことかもしれない。司法は行政のように殺害されているかもしれない。まだ何も判明していない事件だ」

「確かにそうですが……」

「まあこれは詭弁《きべん》で、本当は忖度したくてたまらないんだけどよ」

「課長」

「分かってる。もちろん次の被害者は出しちゃならんさ。だからお前、東京に飛べ」

「は？」

捜査一課長は鋭い視線を僕たちに向けた。

「彼らと一緒にな。警視庁にはわしが話付けとく」

「うわっ、東京まで付いてくるのかよ」

隣で左虎さんが呟いた。

その想《おも》いは琵琶芹の方も同じようだったが、やはり上司には逆らえない。

「分かりました」

と僕たちの方を見ずに答えるのだった。

第三話　総理公邸で総理否定　Sorry, you are primely sinister.

▼合尾輔《あいおたすく》▲

僕たちは対馬空港から一旦《いったん》長崎空港に飛び、そこで羽田空港行きの便に乗り換えた。当日の予約なので、三人ともバラバラの席になった。僕は他の二人から離れた窓際《まどぎわ》の席で、スマホに呼びかけた。

「相以《あい》」

彼女は物憂《ものう》げな横顔のまま応《こた》えない。人工知能の彼女にしては珍しい反応だ。

僕はもう一度呼びかけた。すると彼女は驚いた顔で僕の方を向いた。

「あ、ああ、輔さん。すみません、どうしましたか」

「珍しくボンヤリしてたけど、どうしたの」

「彼女の――以相《いあ》のことを考えていました」

「ああ、以相はどうして司法《かずのり》さんの家にいたんだろう。そして挑戦状の意味も気になるね」

　相以は一瞬キョトンとした後、少し寂しげに笑った。

「いえ、確かにそれもあるのですが、私は別のことを考えていました」

「別のこと？」

「はい、彼女が生きていて良かったな――と」

　僕はハッとした。そういえば最後に以相に会ったのは、燃え行くオクタコアのアジト内でのことだった。相以は離れ離れになった自分の片割れをずっと探し求めていたのだ。

　相以はピシャピシャと両頬を叩《たた》いて言った。

「でもそんな甘いことは言ってられませんね。彼女、三人も殺すって言ってましたから。悪です。《犯人》は捕まえないといけません」

　僕が聞きたかったことの話になった。

「それなんだけどさ。以相が言っていた『三人』って、本当に行政《ゆきまさ》さんと坂東《ばんどう》さんが含まれてるのかな。どっちの事件も不可解な状況ではあるんだけど、あまり思想性が見えてこないっていうか。いや、以相がどんな性格かあんまり知らないんだけどさ。父さんの復讐《ふくしゅう》のためにオクタコアを滅ぼした彼女のやり口から考えて……」

　なぜだろう。僕は以相が悪だとはあまり思えないのだ。

　その内心に賛同するように、相以が大きく頷《うなず》いた。

「そうですよね。輔さんが同じ考えで安心しました。どうも今起きている事件が以相の仕業だとは、すんなり受け容《い》れられないんです」

「じゃあ以相はまた別の事件を起こそうとしているってこと?」

「そこまでは断言できません。思い込みは危険ですから、とりあえず今は関係者の警護に向かうしかないでしょう」

「確かにそうだね」

そこで僕はあることを思い出した。

「そういえば、いろいろバタバタしてて忘れてたけど、行政さんが巨済島から坂東家に間に合う方法って何だったの。司法さんに会ってから結論を出したいって言ってたけど」

「ああ、あれですか。あれはですね、基本的なトリックである三つ子の入れ替わりを考えたんですよ」

「入れ替わり? そうか、何か行けそうな気がするな」

「はい。巨済島で目撃されたのが司法さんだとしたら、行政さんのアリバイは消え、坂東さんの死亡推定時刻にも間に合うわけです」

「対馬にいるはずの司法さんが密《ひそ》かに韓国に渡ってたってわけか。それだと司法さんと行政さんが共犯ってことになるのかな」

「共犯でなくても、司法さんの行動を行政さんが利用しただけという可能性もあります。その場合、なぜ司法さんが韓国に渡ったのかという疑問も生じますが……」

「その逆も成立する？　逆というのは、巨済島で目撃されたのが行政さんで、坂東さんを殺したのが司法さんって意味ね」

「うーん、現段階ではどんな可能性も考えられますが、坂東さん殺害現場に残された指紋が行政さんのものだったということを思い出してください」

「あ、そうだった、すっかり忘れてた」

捜査会議でも話が出たように、三つ子の指紋は一致しない。坂東殺害に行政が関わっている可能性は高いのだ。

「いずれにしても、こんなこと証拠もなしに口にできませんから、まず司法さん本人に会ってから考えようと思っていたのですが——まさか失踪《しっそう》していたなんて」

「待って。でも司法さんは右目に傷があるから入れ替わっても分かるんじゃ——いや、そういえば治したんだっけ」

「そうです、治しているんです。まるで入れ替わりの下準備のように」

オクタコア事件の後日、司法に会ったら右目の傷が消えていた。整形手術で治したと言っていたが、理由は聞いても教えてくれなかった。今から思えば疑わしいじゃないか。

「何かますます司法さんが怪しくなってきちゃったね……」

「はい……」

なぜ司法のパソコンに以相の伝言が残っていたのか。以相の言っていた「右龍《うりゅう》」とは本当に司法のことなのか。「三人」の中に行政と坂東は含まれるのか。もし司法が無実なら、なぜ失踪したのか。

いくつもの謎《なぞ》を乗せ、飛行機は真っ白な靄《もや》の中に入っていく。

＊

羽田空港のロビーで、僕たちは警視庁の刑事と落ち合う予定になっていた。長崎空港で加須寺《かすてら》刑事と合流した時のように、一人待っているだけかなと思いきや……。ずらりと十人。いかつい男たちが並んでいた。刑事でなければヤクザだという感じの男たちが。

その中心に、総白髪でオールバックの中年男性がいた。一際《ひときわ》威厳のあるその男を見て、左虎《さこ》さんは驚いたように声を上げた。

「お父さん、どうしてここに」

男は左虎さんに似て形のいい眉《まゆ》をちょっとしかめた。

「仕事中はお父さんと呼ぶなと言っただろう」

「あ、失礼しました。しかし刑事部長がどうして直々に……」

　刑事部長と言えば確か警視監――つまり警視総監に次ぐ階級の人物だ。今回の事件のうち行政殺しの方は確かに大事件だが、あくまで長崎県警の管轄《かんかつ》であり、警視庁は捜査協力する立場に過ぎない。その場に幹部クラスの人間が出てくるのは異例なのだろう。

　左虎刑事部長は声を潜めた。

「あまり人の命に貴賤を付けたくはないが、やはり例の女性の家族が絡《から》んでいるのでね。それにもしかしたら例の女性本人の身にも危険が迫っているかもしれないそうじゃないか」

　例の女性とは首相のことだろう。それで刑事部長が駆り出されたということか。

　それにしても、左虎さんの父親がこんな大物だったなんて。

　あの琵琶芹《びわぜり》警視も恐縮しきっている。キャリアだからこそ階級の重みを身に染《し》みて知っているのだろう。

　その琵琶芹に左虎刑事部長の方から声をかけた。

「あなたが琵琶芹管理官かね」

「は、はい、そうです。よろしくお願いします」

　琵琶芹は直立不動で答えた。左虎刑事部長は鷹揚《おうよう》に笑った。

「はっはっは、そんなに固くならなくても。こちらこそよろしく頼む」

それから彼はこちらを向いた。

「そして君が合尾輔くんだね。ＡＩ探偵の相以さんも一緒なのかね」

ズドンと重く響く声が大物らしさを感じさせる。僕はしどろもどろに返事するのがやっとだったが、相以はいつも通りの元気いっぱいな挨拶《あいさつ》だ。

「相以です。よろしくお願いします！」

「うん、頼りにしているよ」

左虎刑事部長はスマホに向かって微笑《ほほえ》むと、琵琶芹の方に向き直った。

「さて、自己紹介はこれくらいにして本題に入ろう。まず例の女性と立法だが、現在は総理官邸で懇親会の最中であり、終わるまで面会はできないそうだ。行政の妻子は自宅で待機中なので、まずはそちらに向かおうと思うのだが」

「はっ、かしこまりました」

異論など挟めるはずもないという従順な態度で琵琶芹は答えた。

僕たちは屈強な刑事たちをぞろぞろ引き連れてロビーを横切った。人々の視線が集まるのを感じて気まずい。

駐車場に着くと、僕たちは三台の車に分乗することになった。刑事部長の部下の一人が運転し、助手席に刑事部長が乗った車の後部座席に、僕と左虎さんと琵琶芹が収まった。

隣の琵琶芹が僕以上にカチコチに固まっているので、内心おかしくなった。

一方、左虎さんは司法の失踪にピリピリしていた時よりリラックスしているように見える。「仕事中はお父さんと呼ぶな」と言われたものの、やはり父親が側《そば》にいるというのは心強いのだろう。

約一時間後、三台の車は都心にある行政の妻子の家に到着した。

坂東邸と同じく日本家屋だが、規模も高級感も段違いだ。あちらもそこそこ広かったが、田舎だからという側面は否《いな》めないだろう。それに対してこちらは都心なのに坂東邸より広いのがすごい。門も鉄柵《てっさく》状だった坂東邸とは違い、風格のある屋根付き和風門だ。

「大勢で押しかけると遺族を驚かせてしまうだろう。君たちはここで待機しておけ」

左虎刑事部長は九人の部下を車内で待機させると、僕たちの方を振り返った。

「我々だけで行こう。それから琵琶芹管理官、事情聴取はあなたに任せるよ」

「はい、分かりました」

この頃になるとさすがに琵琶芹も肝が据わってきたようで、平静さを取り戻していた。

「こんな豪邸に妻子を置き去りにして、母親と同居していたなんて、もったいない話ね」

左虎さんが正直な感想を述べる横で、琵琶芹が和風門に付いているチャイムを鳴らした。女性の声でやり取りがあってから、しばらくして門が開いた。

出てきたのは三十代くらいの女性で、真っ黒な和服に身を包み、目を真っ赤に泣き腫《は》らしている。

と、その目がチラリと僕を見た。明らかに警察関係者ではない僕が何者か気になったようだ。だが誰なのか問い質《ただ》すほどの気力はないらしく、掠《かす》れた声で、

「行政の家内の雪枝《ゆきえ》です」

そう名乗るにとどまった。

琵琶芹も説明が面倒だと思ったのか、自分の素性だけ名乗り、僕たち一人一人の説明はしなかった。

「どうぞ上がってくださいまし……」

雪枝は茶運び人形のように、突然くるっと背中を見せると、屋敷へと続く飛び石の上を歩いていった。僕たちは一瞬虚を突かれたが、おずおずと彼女の後に付いていった。

邸内は綺麗《きれい》に手入れされていたが、その一方でどこか打ち捨てられた幽霊屋敷のような印象も受けた。行政の死、それから雪枝の背中が発する陰気がそう感じさせるのだろうか。

僕たちは中庭が見える和室に案内された。

琵琶芹が捜査の進捗《しんちょく》を説明すると、机の向こう側にいる雪枝は嗚咽《おえつ》を漏らした。

「どうしてでしょう……刑事さん……どうしてこんなことになったんでしょう……」

「それを今調べているのです。行政さんが殺されたことに何か心当たりはありませんか」

「ああ……ああ……分かりません……私には何も分かりません……」

「坂東という名前に聞き覚えはありませんか」

「バンドウ、ですか？　さあ……」

「坂東魁《かい》という男です。壱岐の漁業協同組合長です」

「漁業……。いえ、知りません。その人が何の関係が？」

「この人物も壱岐で殺害されています。行政さんの死と何らかの関係があると我々は見ています」

「そうなんですか。でも私は何も……」

雪枝はすっかり狼狽《ろうばい》しており、有益な情報は何も引き出せそうになかった。あるいはそういう演技か。

「行政さんとご親族の仲はどうでしたか。右龍総理や立法《たつのり》さん――それから司法さんとのご関係は」

琵琶芹はめげずに尋ねたが、雪枝の様子に変化はなく、ただ分からない分からないと首を横に振るばかりだった。

琵琶芹の表情に一瞬苛立《いらだ》ちが混じったが、すぐに取り繕った。だが次の質問はすぐには出てこないようだ。気まずい沈黙が続きそうになったその時、左虎さんが助け船を出すように、優しい口調で質問を挟んだ。

「ご夫婦はどういう風に知り合ったのか、教えていただけますか」

話題を変えることで空気を変えようということか。

雪枝はゆっくり顔を上げると、遠い目で話し始めた。

雪枝は大企業の社長の娘で、行政とは見合い結婚だったようだ。見合いをセッティングしたのは右龍首相とのこと。結婚相手まで母親が選んだのか。その徹底した母親依存に、呆《あき》れ混じりの感心をしてしまった。

左虎さんが尋ねる。

「失礼ながら、行政さんはこの家ではなく、母親や立法さんと同居されてましたよね。どういった理由がおありだったんですか」

「ただの仕事の都合だと、そう言っていて……」

「それについてあなたはどう思いましたか」

かなり切り込んだ質問だったが、雪枝は気色《けしき》ばむこともなく、虚《うつ》ろな目で切れ切れに答えるだけだった。

「それは……私も面白くはありませんでしたけど……でも仕方ないと思って……国に関わる仕事をしていたわけですから……」

最後の方はほとんど消え入りそうな声だった。また会話が続かなくなりそうな雰囲気になってきた。

気付くと、琵琶芹が恨みがましい目で左虎さんを見ていた。左虎さんは琵琶芹に頷いてみせると、雪枝に言った。

「不躾《ぶしつけ》な質問に答えていただきありがとうございます」

その後は琵琶芹が質問を再開したが、やはり事件の手がかりは得られない。

そんな中、左虎刑事部長のスマホが鳴った。

「失礼します」

左虎刑事部長は縁側に出て、しばらく小声で通話していた。戻ってきた彼はこう言った。

「警備の人間が到着したようです。彼らにこの屋敷を守らせますので、右龍さんはご安心ください」

「ありがとうございます……」

「それからこの家に行政さんの部屋はありますか」

「二階に……」

「そこを部下に調べさせてもよろしいですか」

「はい……」

雪枝は項垂《うなだ》れるように頷いた。

琵琶芹は潮時だと判断したらしく、こう言った。

「以上で聞き取りを終わりたいと思います。いろいろと大変な中、お付き合いいただきありがとうございます。何かありましたら必ず私どもまでご連絡ください」

「はい……」

僕たちは立ち上がり、廊下へと続く襖《ふすま》の方に向かった。

と、僕は襖がわずかに開いていることに気付いた。その細い隙間《すきま》の向こうで素早く人影が動いた。

廊下に出ると、小学校低学年くらいの少年が背中を見せて廊下を走っていくところだった。襖の前で立ち聞きしていたら、僕たちが出てくるのに気付いて、慌てて逃げ出したという感じだ。

少年はいたずらを見咎《みとが》められたように階段の下で立ち止まると、びくびく振り返った。

「行哉《ゆきや》、部屋に戻ってなさい」

そう言った雪枝の声に驚いた。今までとはまったく違い、厳しさすら感じさせる張りがあるじゃないか。蒼白《そうはく》な凍死体だと思っていたものが、一瞬にして厳格な雪女に化けた。そんなイメージを受けた。

行哉は無言で頷くと、階段を駆け上がっていった。

左虎さんが言った。

「長男の行哉くんですか。行政さんにそっくりですね」

え、そうか？

個人的にはあの三つ子の面影があまり見出《みいだ》せなかったんだけど……。

雪枝も言われ慣れていないのか、驚いたような顔で左虎さんを見た。

「え、ええ、そうですね……」

雪枝の声はまた暗い陰鬱《いんうつ》の底に沈んでいった。

門のところまで行くと、警官が新たに二人到着していた。左虎刑事部長は彼らを雪枝に引き合わせ、門の警備を命じた。さらに自分の部下二人に行政の部屋の捜査を、もう二人に近所の聞き込みを指示した。

左虎刑事部長が一連の手配をしている間、僕たちは車の前で待っていた。

その最中、突然、琵琶芹が質問を発した。

「あの子供、そんなに行政に似てたか？」

左虎さんの答えは意外なものだった。

「似てないから聞いてみたんですよ」

「あ？　……ああ、血縁関係とか何やらを疑っているのか。意気消沈した未亡人に鎌《かま》をかけるなんて、貴様もなかなか意地が悪いな」

「あら、私情を挟むなと言ったのは管理官でしょう」

「ふん、次の面会までまだ時間があるな。区役所に寄って戸籍を取りたいところだが……」

左虎さんがすぐに察して言う。

「分かりました。私から父に――刑事部長に頼んでみます」

僕も遅ればせながら気付いた。同乗者が超大物だから寄り道を頼みにくいということか。

琵琶芹は顔を逸《そ》らしてボソボソと言った。

「……感謝はしておく」

その時ちょうど左虎刑事部長が戻ってきた。左虎さんが戸籍のことを言うと、左虎刑事部長は快諾した。

「分かった、部下に取らせよう」

その報告が、首相官邸に向かう途中の車内で、左虎刑事部長のスマホにもたらされた。

行哉は連れ子などではなく、行政と雪枝の実子だそうだ。行哉は七歳で、他に家族はいない。

まあ面影がないといっても、親子の顔の類似性なんてあの程度かもしれない。

僕がそう考えていると、相以が言った。

「そういえば雪枝さんと行哉くん。この二人も『右龍』という苗字《みょうじ》ですね」

「何？　どういう意味だ？」

琵琶芹が訝《いぶか》しげな声を上げる。相以の思考に慣れている僕はいち早く意図を汲《く》み取った。

「もしかして、以相が言っていた協力者の『右龍』がこの二人である可能性を考えてる？」

「馬鹿《ばか》な。雪枝はともかく、行哉はまだ七歳だぞ」

琵琶芹が一蹴《いっしゅう》するが、相以は主張を曲げなかった。

「限りなく低い確率であることは分かっています。それでも探偵としてはあらゆる可能性を考慮しなければならないのです」

相以は以前フレーム問題を起こし、些細《ささい》なことばかりにとらわれて推理が進まなくなってしまったことがあったが、この程度の細かさであれば大丈夫だろう。ミステリマニアの僕にとっても、七歳の子供は立派な容疑者だ。

まあ実際そんなことになってほしくはないけどね。

＊

日が傾き始めた頃、次の目的地に到着した。

茜空《あかねぞら》の下、大部分がガラス張りの大きな建物と、それよりは小さいレトロな煉瓦《れんが》造りの建物が、同じ敷地内に並んでいる。

前者が首相の仕事場である官邸、後者が首相の住まいである公邸だ。

周辺の道路は複数の制服警官とバリケードによって封鎖されていた。これは今回の事件の影響ではなく、日頃からこうなっているそうだ。

左虎刑事部長はバリケードの前で駐車すると、琵琶芹に言った。

「総理とは私が話そう」

「はい、お願いします」

琵琶芹は当然だという風に頷いた。

左虎刑事部長は車から降りると、制服警官に声をかけ、バリケードの中に入った。僕と左虎さん、琵琶芹も後に続いた。部下たちはまた車内で待機だ。

僕たちは官邸の応接室で首相と立法と会うことになっていた。

秘書に案内されている間、僕の心臓はずっと鳴りっぱなしだった。何せ首相に会うのだ。本当は辞退したかったが、事件解決のためには相以を連れていくべきなので、尻込《しりご》みしてはいられなかった。

秘書は重厚な両開きの扉の前まで来ると、それをノックした。威厳のある女性の声が返ってきた。

「入りなさい」

秘書は扉を開けると、僕たちに入室するよう言った。

全面ガラス張りの窓から後光のような金色の夕日が射《さ》し込む中、白いスーツに身を包んだ女性がガラステーブルの向こうのソファに座っていた。

テレビや新聞で連日目にする日本国首相、右龍都子。

僕は相以の助手を務める中で、様々な大人と会ってきた。その中には警察官や犯罪者も多く含まれている。しかし都子はそれらの誰とも決定的に違った。

重圧が違うのだ。

戸口にいる僕のところまでもビリビリと重圧が届く。ここは本当に応接室なのか？

重力室の間違いじゃないのか？

あまりにも質量が大きい物体は、強い重力ですべてを吸い込むブラックホールとなる。僕の視線は必然的に都子に吸い寄せられ、しばらくは他のものが目に入らなかった。

だから彼女の傍らに立法が立っていることに気付くのにも時間がかかった。銀縁眼鏡に黒スーツ、白シャツ、赤ネクタイ、議員バッジ——昨日とまったく同じ出《い》で立ちだ。

僕が立法を見ると、向こうもチラリと見返してきたが、すぐに視線を逸らした。坂東殺しを調べに行かせたはずの僕と左虎さんが舞い戻ってきたことを、彼はどう感じているのだろうか。坂東殺しと行政殺しが関係しているかもしれないことを聞いて、彼は驚くだろうか。何という偶然だと。

偶然？　本当に偶然なのか？　こんな偶然があっていいだろうか。

「座りなさい」

都子の声が僕を現実に引き戻した。

僕たちは彼女の向かいのソファに座った。底なし沼のように体が沈み込んで驚く。

立法は座らない。どうやら立ったまま事情聴取を受けるようだ。確かに立法は都子の息子であると同時に部下だけど、それでも一人だけ立ちっぱなしだなんてあり得るだろうか。僕はちょっと不気味なものを感じた。

左虎刑事部長も立法の方を一瞥《いちべつ》したが、座る気がないのを見て取ると、都子に向けて切り出した。

「警視庁刑事部長の左虎と申します。この度はお忙しい中、お時間を割《さ》いていただきありがとうございます」

「はい」

とだけ都子は答えた。普通なら横柄《おうへい》に感じるかもしれないが、不思議と当然の対応に思えた。

左虎刑事部長は捜査の経緯を説明した。

行政殺しや坂東殺しについて話し、司法が行方不明であることを伝えた時、都子がポツリと呟《つぶや》いた。

「そう、あれはダメね……」

あれ――その呼び方が気になった。自分の息子をあれと呼ぶのか。

一方、左虎刑事部長は別の点が気になったようだ。

「ダメ――ということは、総理は司法さんが自らの意志で姿を消したとお考えですか。事件に巻き込まれたという可能性もありますが」

あ、確かにそうだ。ということは、都子は司法が自分の意志で失踪したと知っているのだろうか。まさか――事件に関与している？　今のは失言か？

ところが都子は涼しい声でこう答えた。

「自らの意志だろうが、事件に巻き込まれたのだろうが、関係ありません。重要なのは現にこうして行方不明になり、皆様に迷惑をかけているということです。だからあれはダメなのです」

これには左虎刑事部長も言葉を失った。

厳しい。自分の子供にあまりにも厳しい。

僕は左虎さんの話を思い出した。都子は三つ子を競わせ、一人落ちこぼれの司法を黙殺してきたと。

僕は幼い頃に母親を亡《な》くし、その愛情を知らずに育った。僕は母親がいる他の人がずっと羨《うらや》ましかった。でも司法は母親がいるにもかかわらず、その愛情を知らない。

僕は初めて彼にシンパシーを覚えた。

「――それじゃあんまりじゃないですか」

絞り出すように声を発した者がいた。左虎さんだった。

「おい……」

隣に座っている琵琶芹が制止しようとしたが、左虎さんは構わず続ける。

「ご自身の息子でしょう。心配にならないんですか。それでも母親ですか」

「口を慎め！」

左虎刑事部長は娘を叱責《しっせき》すると、都子に頭を下げた。

「部下が失礼しました」

「構いません」

都子はそう言うと、左虎さんの方を向いた。

「貴方《あなた》のことは知っています。左虎笹子《ささこ》。昔、司法と交際していましたね」

左虎さんはひどく驚いたようだ。

「どうしてそれを」

「貴女や司法が思っている以上に、私は司法のことをよく見ているのですよ。だからあれの価値も正確に理解しています」

「価値……」

「貴女の仰《おっしゃ》る通り、あれは私の息子です。貴女の息子でなくてね。心配するかどうかは私が決めます」

左虎さんは耳を真っ赤にして俯《うつむ》いた。僕も一緒に傷付いていた。

その時、琵琶芹が口を開いた。

「事件の話を再開してよろしいでしょうか、総理」

琵琶芹は赤縁眼鏡の奥からキッと都子を睨《にら》み付けていた。左虎刑事部長が何か言おうとしたが、諦《あきら》めたように口を閉ざした。

「再開してもよろしいが、まず先に名乗りなさい」

「失礼しました。長崎県警捜査一課管理官の琵琶芹と申します」

刑事部長にあんなに動揺していた琵琶芹が、今は首相相手に一切動じていない。

「司法さんが対馬に配属されている時に、行政さんの遺体を載せたゴムボートが対馬に漂着。同じ頃、立法さんは壱岐水道を挟んで向かいにある玄海原発を訪れていた。三つ子の三人が同時に近い場所に集まっていたのは果たして偶然なのでしょうか」

「偶然じゃなければ何だと？」

「私には何者かの意志が感じられてならないのです」

「何者かとは？」

「それは分かりません——今はまだ」

「そう……」

都子は一言そう呟いただけだった。だがその後の沈黙は、「分からないなら軽々しく口にするな」などといった直接的な恫喝《どうかつ》より、ずっと威圧的だった。それでも琵琶芹は怯《ひる》まず、都子から視線を逸らさない。

右龍都子は怪しいし、何より腹が立つ。それは僕も同じ思いだ。だから何か加勢したいんだけど、さすがに僕なんかが口を挟めずウズウズしていたところ、例のあの空気が読めない人物——。

そう、相以だ。

相以が僕のポケットの中から疑問を発した。

「立法さんはどうですか」

一同の視線が、ずっと立ちっぱなしだった立法に集まった。都子の圧倒的な存在感のせいで、またしばらくこの男の存在を忘れていた。

夕日を背にした立法の黒いシルエットが身じろぎした。

「どうって、どういう意味だ」

僕はポケットからスマホを出し、立法に向けた。

「私たちに依頼する事件を坂東さん殺しに決めたのは立法さんです。あの時、あなたは本当に行政さん殺しのことを知らなかったのですか」

「何を言い出すかと思えば……。知っていたわけないだろう。死体を載せたゴムボートが漂着したということだけはニュースで知っていた。だがそれが行政だということは後で分かったんだ」

都子と違って立法は饒舌《じょうぜつ》だった。何か心配事を隠すかのように話し続ける。

「大体、行政殺しのことを知っていたら、何で君たちを坂東殺しの捜査に派遣しなきゃいけないんだ。大方、私が行政殺しの犯人だと疑っているのだろうが、それなら極力対馬に関わりたくないと思うのが自然だろう。自分の委員会の一員を対馬に近い壱岐に派遣するはずがない」

「二つの事件が一連のものだとしたら、あなたは私たちを坂東さん殺しに関わらせることで、私たちを通じて警察の捜査情報を得ようとしたのかもしれません」

「馬鹿な、あり得ん、それは不自然だよ。人間の心理としては極めて不自然だ。やっぱりＡＩの推理はちっとも人間的じゃないね」

「そうでしょうか？　放火犯が放火現場に戻るというのは有名な話――」

「おい、さすがに言いすぎだぞ」

　僕は相以を制止してから、自分でも卑屈に感じる上目遣いで立法に謝ったが、彼は憤然としたまま返事をしなかった。

　一連のやり取りが終わると、沈黙が応接室に訪れた。言葉という空気が失われた真空のように息苦しい沈黙だった。僕はそっと深呼吸したが、圧迫感は解消されなかった。

　誰か、何かを話した方がいいんじゃないか。何でもいいから――そう思っていたら、真空に言葉が生じた。

「そうだ、いいことを思い付いたわ」

　都子だった。

「あなたたち、そこまで仕事熱心なんだったら、今夜公邸に泊まり込んで私と立法を護衛してくださいな」

　え？

「元々橘《たちばな》議員と柿久《かきく》教授を夕食にお招きするつもりだったから、ちょうどいいわ。それから雪枝さんと行哉くんも呼びましょう。彼らも犯人に狙《ねら》われているかもしれないのでしょう」

「ですが総理――」

立法が口を挟みかけたが、都子はそれを遮った。

「あら、私のアイデアがお気に召さない？」

口調こそ穏やかだが、有無を言わせない迫力を伴っていた。立法は俯いて引き下がった。

「いえ――滅相もありません」

都子は満足げに頷くと、僕たちの方に向き直った。

「あなた方はいかが？　どうやら私と立法を疑っているようだけど、容疑者を間近で監視できる絶好のチャンスだと思いません？　それともさっきの威勢は口だけだったのかしら」

「しかし……」

左虎刑事部長が心配そうにこちらを見る。左虎さんと琵琶芹は都子の視線を真っ向から受け止め、こう言った。

「「「分かりました」」」

三人の声が重なった。

ん、三人？

左虎さんと、琵琶芹と、あと一人は――相以だ。

相以は言葉を継いだ。

「誰も殺したり殺されたりしないよう、じっくり監視させていただきますので、そのつもりでお願いします」

ってことは僕も泊まり込むのか？　首相公邸に？　緊張が足元から這《は》い上り全身を震わせた。

都子は相以の方を見て、得体の知れない微笑を浮かべた。

「賑《にぎ》やかな夜になりそうで楽しみ」

＊

左虎刑事部長はさすがに捜査の監督をしなければならないということで、警視庁に戻ることになった。その代わり、部下たちを泊まり込みに参加させてくれるらしい。その指示をするために、一旦《いったん》車のところまで戻ることになった。

敷地を出た途端、僕たちは左虎刑事部長に頭を下げた。

「すみません、ついカッとなってしまって……」

「私も場をかき乱してしまい……」

「僕も……」

相以だけはなぜか謝らない。

左虎刑事部長は鷹揚に笑った。

「構わんよ。事情聴取はあれくらいがちょうどいい。風が吹けば雲も晴れるからね。さすがに相手が総理なのは初めてだから少し焦《あせ》ったが」

「刑事部長は総理と立法が事件に関与しているとお考えですか」

琵琶芹が直截《ちょくせつ》に尋ねるが、左虎刑事部長はさすがにはぐらかした。

「今の段階では何とも言えんよ。ただ、もしそうだったら厄介なことになるだろうな。とにかく今はできることをするしかない。ところで琵琶芹さんは長崎の方は大丈夫なのかね」

「はい、信頼できる上司と部下に任せていますから」

琵琶芹が即答すると、左虎刑事部長は目を細めた。

「仲間に恵まれているようで良かった。それでは後は任せたよ」

左虎刑事部長と入れ替わりで、四人の部下が僕たちに合流した。敷地内に戻ると、官邸から立法と橘と柿久が出てきたところだった。そういえば彼らも夕食に招かれていると言っていたな。

橘はこちらに気付くと、まだ距離のあるうちから大声で呼びかけてきた。

「左虎さーん、合尾くーん、壱岐に行ったんじゃなかったんですか？」

左虎さんは側まで行ってから答えた。

「いろいろあって戻ってきたんです」

「いろいろ？」

「後で説明する」立法が割り込んできた。「準備ができたなら公邸に行くぞ。総理は先に向かわれた」

僕たちは敷地内を横切り、煉瓦造りの公邸に足を踏み入れた。

ここに来るまでの車内で、この建物については少し調べておいた。公邸は一九二九年に竣工《しゅんこう》した旧官邸を曳家《ひきや》・改修したもので、二〇〇五年から使用されている。当時流行していたアメリカ人建築家ライトの作風に似ており、しばしば本人作と勘違いされるが、日本人建築家の手によるものだ。

最もライト思想が濃いと言われる正面玄関は、茶色い煉瓦の壁と、緋色《ひいろ》の絨毯《じゅうたん》が、空間全体の色調を規定している。天井の照明からしだれ桜のような装飾がいくつも垂れ下がっているのがまず目に付くが、それ以外の部分も細部まで作り込まれており、見ていて飽きない。当時は華やかすぎるという批判もあったのだとか。

しかし僕は浮ついた感じよりも、むしろ重厚ささえ感じて身が引き締まる気がした。長い年月が家に歴史の重みを付与したのだろう。古い家特有のツンと鼻を突くカビ臭さも逆に心地いい。

立法以外は皆、公邸に入るのは初めてなようで、あちこちに興味深げな視線を走らせていた。特に橘などは装飾一つ一つに見入って、しょっちゅう集団から遅れるので、立法から窘《たしな》められるくらいだった。

立法は一枚のドアを開け、僕たちを招き入れた。そこは応接間のような部屋で、数組のソファの他に、グランドピアノやビリヤード台まで置かれていた。

僕たちがソファに座ると、立法は橘と柿久に僕たちが泊まり込むことになった経緯を説明した。橘が捜査陣に対する素朴な感動を示したのに対して、柿久は警戒心を強めたように見えた。

「夕食ができたら呼びに来るので、それまでここで待っていてくれたまえ」

立法が出ていくと、相以が発話した。

「立法さん、昨日とまったく同じ服装でしたね」

すると向かいのソファに座っていた橘が言った。

「いつもあの格好なんですよ。無地の黒スーツ白シャツ赤ネクタイで日の丸を演出しているんですって」

「こだわりがあるんですね。ところで一昨日の夜、玄海町沿岸の旅館で酒盛りをしていた時のことを聞いてもいいですか」

相以は突然事情聴取モードに入った。捜査陣や柿久に緊張が走るが、当の橘は泰然自若としている。

「あ、それ長崎県警の方にも聞かれました。でも立法先生のご兄弟を殺した犯人を捕まえるためなら、何度でも答えますよー」

僕はインタビュアーのマイクのようにスマホを橋に近付ける。相以が質問を始める。

「ありがとうございます。ではまず酒盛りは旅館のどこで行っていたんですか」

「立法先生の部屋です」

「何時から何時まで行っていましたか」

「えーと、夕食後に始めたから、十九時半から二十一時半くらいかなあ。それくらいでしたよね、柿久教授」

「そんなもんだろう」

柿久はブスッとした顔で答えた。

行政の死亡推定時刻は二十時から二十一時。坂東の死亡推定時刻は十九時四十七分頃。もし三人が酒盛りの間中ずっと一緒にいたならばアリバイが成立することになるが、実際は……。

「酒盛りの最中、席を外した方がいると聞いています。誰が、なぜ、どれくらいの時間、離席していたか詳しく教えてください」

「まず二十時くらいに私がトイレに立ちました。これは二、三分で戻ったかな。次に二十時半頃、立法先生が総理に定時連絡をすると言って、スマホを持って部屋を出ていきました。ところがすぐ戻ってくると、原発のセキュ――」

「九州電力の人からもらった資料は誰が持っていたんだっけ、とおっしゃったんだよな」

柿久が急に割って入ってきたので驚いた。橘もキョトンとしていたが、やがて頷《うなず》き、

「そうそう、そんなことおっしゃるので、私が冗談めかして『先生の鞄《かばん》に入ってますよ、やだなあボケたんですか』と言ったら、先生は苦笑して鞄を持っていきました。多分、定時連絡に必要だったんでしょうね。約十五分後、先生は鞄を持って戻ってきました。最後に二十一時頃、柿久教授がトイレに行きました。なかなか戻ってこないので、立法先生と二人で心配したものです」

「腹が痛かっただけだ。だが十五分もしないうちに戻ったはずだ」

「それは間違いありません。だから私たち三人は誰も対馬や壱岐の事件には関与する時間がなかったはずです」

「ふーむ、そうですか」

相以はそう言ったきり、次の質問を発しなくなった。画面を見ると思考に没頭している様子だ。声をかけようか迷っているうちに、橘が呼びかけた。

「質問は終わりですか」

相以は我に返って答えた。

「え？　あ、はい、以上です。ご協力ありがとうございました」

「いえいえ、どういたしまして」

　橘はスマホに向かって律儀《りちぎ》にお辞儀をすると、ソファから立ち上がった。ビリヤード台の方に歩いていき、人差し指で台の表面を撫《な》でる。

「埃《ほこり》が積もってる。もったいない、使ってあげなきゃ可哀想《かわいそう》。誰か一緒にやりませんか」

「こんな時に、許可ももらってないのに、やめた方がいいんじゃないかね」

　柿久が常識的な意見を口にしたが、橘はこう主張した。

「応接室に置いてあるってことは自由に使っていいんですよ」

　誰も名乗りを上げなかったので、彼女は一人でビリヤードを始めた。呑気《のんき》な玉突きの音が応接室に響き渡る。

　そのうちにドアがノックされ、本格的なメイド服を着た女性が入ってきた。年齢不詳で、十代から五十代まであり得そうだ。彼女は深く一礼して言った。

「初めまして、公邸管理人の影山《かげやま》と申します」

　公邸管理人？　メイドではないのか？　確か捜査会議では、首相公邸には住み込みのメイドがいるという話だったが……。

　でもどこからどう見てもメイドだよなあ。

そのメイド的な何かが言った。

「ご夕食の支度が整いましたので、食堂にご案内します」

＊

真っ白なアーチ状の天井が印象的な食堂だった。

フィクションでしかお目にかかったことがない長い食卓には、すでに都子と立法、それから雪枝と行哉が着席していた。

「座りなさい」

都子の一言で、僕、左虎さん、琵琶芹、柿久、四人の刑事はおずおずと着席した。橘だけは言われる前に立法の隣に座っていた。

「もう到着されていたんですね」

左虎さんが隣の雪枝に話しかけると、雪枝はぼんやりと頷いた。

「主人の部屋を調べていた刑事さんが車で連れてきてくださって……」

行哉は退屈そうに、床まで届かない両足をブラブラさせている。

影山が飲み物を運んできた。僕と行哉はジュース、成人は食前酒だったが、警察官たちは全員辞退して水やジュースをもらっていた。

「皆さん」

都子がよく通る声で話し始めた。

「今日はお忙しい中、集まっていただきありがとうございます。思いがけぬことが起き、まだ分からないことばかりですが、今はひとまず故人の冥福《めいふく》を祈るとしましょう」

都子がグラスを掲げるので、僕たちもそれに倣《なら》った。行哉は周りを見回した後、慌《あわ》てたようにそれを真似《まね》した。

影山がコース料理を運んでくる。緊張と死の余韻で味など分からない——と思っていたが、そんな懸念《けねん》など吹き飛ばすほど美味《おい》しかった。前菜もサラダもスープも、ライト風建築のように細部まで工夫がこらされ、口に運ぶ度に新たな味の発見がある。僕はつい捜査中だということを忘れ、食べるのに夢中になってしまった。警察官たちも口数は少ないが、楽しんでいるのが伝わってくる。

「これ、すごく美味しい。どなたが作ったんですか」

橘が気安く都子に尋ねる。都子は次の皿を運んできた影山を示した。

「影山さんよ。彼女には家事をすべて任せているの」

「一流のメイドさんは何でもできるんですね」

橘が持ち上げると、影山は即座に訂正した。

「公邸管理人です」

どうやらその肩書きにプライドを持っているらしい。ならメイド服の方をやめればいいと思うが、そちらはそちらで何かこだわりがあるのだろう。

都子は元々橘と柿久を夕食に招いていたということで、特にその二人を歓待していた。都子が柿久を称賛する。

「それにしてもｋｅｉｋｏさんを作られた柿久先生の技術はすごいですわね。立法はウチにも持ち帰って使っているのだけど、私が話しかけてもちゃんと返事をしてくれるんですよ。人間の曖昧《あいまい》な話し言葉を瞬時に理解できるんですね」

首相に褒められて、柿久は頬が緩むのを抑えられないようだった。

「そう言っていただけると光栄です。音声認識には特に力を入れましたからな」

「確かに大したものですが、まだまだ課題があると思いますね」

水を差したのは立法だった。

柿久の顔に一瞬不快の色がよぎった――が、すぐに取り繕うと、媚《こ》びるような口調で言った。

「何か問題がございましたでしょうか」

「私がｋｅｉｋｏに『デスクトップ画像を山の写真に変更してくれ』と頼んだ時のことです。その直後、後ろから行政がふざけて『デスクトップ画像をママの写真に変更してくれ』と言いましてね。するとデスクトップには山ではなくママ――すなわち右龍総理の写真が表示されてしまって」

「素敵じゃない」

　と当の都子が横から言う。

「しかしパソコン画面に合わせて横長に引き伸ばされてしまっていましたよ」

「あら、残念。でも面白そうだからちょっと見てみたかったかも」

「それでは今度ご覧に入れますよ」

　立法はわざとらしい笑い声を立ててから、柿久に向き直った。

「柿久先生、以前おっしゃっていましたよね。ｋｅｉｋｏは別々の人間から矛盾する命令を受けた場合、なるべくその両方を達成しようと善処するが、同一の人間から矛盾する命令を受けた場合、前の命令は取り消されたものとして後の命令にのみ従うと」

「その通りですが」

「もしｋｅｉｋｏが私と行政を別人だと識別できていたなら、両方の命令を達成するべく、山と総理が両方写った写真を表示したはずなんです。私のパソコンには総理と山登りに行った時の写真も保存されていますからな。

　しかし実際には総理単体の写真が表示された。ｋｅｉｋｏは私と行政を同一人物だと誤認したため、私が咄嗟《とっさ》に命令を変更したと判断したのでしょう。『山の写真――あ、やっぱりママの写真』という具合にね。

長くなりましたが結論としては、ｋｅｉｋｏは三つ子の声が識別できないということになります。……一応もう一人の兄弟でも試したので間違いないかと」

立法はボソボソッと付け足した。司法が行政を殺害して逃走している可能性もあるとはいえ、名前を出さないのが嫌な感じ。話題にしたくない鼻つまみ者ってか。

柿久は眉間《みけん》に皺《しわ》を寄せた。

「一卵性兄弟の声紋は似ていますからな……」

「でも厳密には違うでしょう。ここを区別できるようにしておかないと、セキュリティ上の問題がありますから」

「ははっ、精進します」

すっかり言い負かされた柿久は弱々しく禿頭《はげあたま》を下げた。

僕はふと気になってポケットからスマホを出した。

「相以は三つ子の声、識別できるか？　あ、でも行政さんの声は知らないか」

「いえ、今ネット検索したら、行政さんが外務省志望者に向けてメッセージを送っている動画があったので、比較してみますね」数秒後。「ああ、やっぱり三つ子全員、声紋が酷似してますね。私は区別できますが、ｋｅｉｋｏさんが分からないのも無理はありません」

「ふーん、そっか。ありがとう」

僕は疑問が解消されたことに満足してスマホをしまった。

それから顔を上げると、柿久がまたもやこちらを凄《すさ》まじい形相で睨んでいることに気付いた。一体どうしたというのだろう。

「でもそんな風にふざけ合うなんて兄弟仲が良かったんですね」

橘のしんみりした声で意識がそれた。

立法は口元を綻《ほころ》ばせる。

「あいつが一方的にふざけていただけさ……」

そう言ってグラスの底に残っていたワインを飲み干した。

父親について度々言及されたためか、行哉は不思議そうに皆の顔をキョロキョロ眺めていた。

それから不意に雪枝にこう言った。

「ねえ、お父さんはいつ韓国から帰ってくるの？」

うっ――。

全員の視線が一斉に行哉に集中した。

この少年は父親の死を知らされていないのだ。

事件自体が不可解なこともあり、確かに説明が難しいだろう。雪枝も折を見て話そうと思っていたのかもしれない。だがその前に公邸に呼び出されてしまった。

気まずい沈黙が流れた。

沈黙を破ったのは都子だった。

「雪枝さん、行哉くんに行政の死を伝えていないの？」

こちらも「うっ――」だった。今この場でそれを言うか？

雪枝は俯いてボソボソと言った。

「どう説明したらいいか……それにまだ子供ですから……」

「子供だからってこんな重要なことを教えないのは良くないわ。後で本人がそれを知った場合、疎外感《そがいかん》を覚えるかもしれない。子供は子供扱いされると傷付くの。子供を一人の人間として扱うことが、本当にその子を尊重していることになるのよ」

正論かもしれないが、夫を失ったばかりの雪枝に対する言葉としてはあまりに攻撃的に聞こえた。雪枝の顔がどんどんと下がっていく。

そしてとうとう都子はこんなことを言い出した。

「あなたが言えないなら代わりに私が言ってあげます。行哉」

いきなり呼び捨てにされた行哉は、蛇に睨まれた蛙《かえる》のように硬直した。

「あなたの父親は死にました。何者かに銃で撃たれ、対馬という遠い島にゴムボートで流れ着きました。もう帰ってくることはありません」

いくら真実を伝えるとはいえ、そこまで話す必要があるだろうか、ということまで都子は淡々と語る。

「お父さんが死んだ……撃たれた……」

都子は頷いた。

「そうです、行政はもういません。ですからこれからはあなたが母親を支えていかないといけませんよ」

「お父さんが……」

行哉は両肩を震わせる。

と、突然爆発するように泣き出した。行哉の泣き声が食堂に響き渡る。

このタイミングでメインディッシュが運ばれてきたが、もはや食欲は湧《わ》かなかった。

都子は特に行哉に声をかけるでもなく、仕事は終えたという風に肉を切り分けて口に運んだ。それを咀嚼《そしゃく》し終えると、橘と柿久の方を向いた。

「せっかくだから、あなたたち二人も今日は泊まっていきなさい」

行哉の泣き声をバックにした都子の落ち着いた声は異様な迫力を持っており、柿久はもちろん、自由奔放な橘ですら拒否できないようだった。

＊

憂鬱《ゆううつ》な夕食が終わると、都子はナプキンで口を拭《ふ》いてから、警察官の方を見やった。

「それじゃ、あなたたち、警護よろしくね」

左虎さんと琵琶芹は挑戦的に見返した。

「分かりました。一晩中お部屋を見張らせていただきますので、そのつもりでお願いします」

「まずは邸内に不審者が潜んでいないか調べさせていただきますが、よろしいでしょうか」

「どうぞご自由に」

警察官たちは仕事モードに戻り、キビキビと食堂の出口に向かった。

「僕も協力します」

僕も慌《あわ》てて席を立った。

だが次の瞬間、立ち眩《くら》みを起こし、その場に座り込んでしまった。

「大丈夫？」

左虎さんが手を差し伸べてくる。僕は恥ずかしいので自力で立ち上がったが、足がフラフラしている。

「すみません、何だか疲れたみたいで……」

「無理もないわね。二日間でいろんなところを行ったり来たりしたんだから。君はもう客室に戻って休んでいなさい」

「でも……」

「いいから休んでいろ。見張り中に倒れられたら足手まといだ」

琵琶芹もそう言うので、僕はおとなしくプロ集団に任せることにした。

影山が僕と橘、柿久、雪枝、行哉を二階の客室に案内する。

客室のシャワーで汗を流し、少し元気になった僕は、また警備の方が気になってきて、様子を見るべく部屋を出た。

迷路のような公邸内をウロウロしていると、地下に続く階段の下から口論の声が聞こえてきた。

声に誘われて階段を下り、曲がり角の向こう側を覗《のぞ》くと、地下室のドアの前で立法と琵琶芹が口論していた。

やはり日の丸をイメージしているのか、赤い水玉模様のパジャマを着た立法が言う。

「やはり分からんね。どうして私の寝室まで調べなければならないのか」

「ですから何度も申し上げている通り、我々がいくら不寝番をしても、あらかじめ犯人が室内に潜伏していたら何の意味もないからです」

「犯人が警官に囲まれた公邸に侵入済みだと?」

「司法さんであれば、元々この家に住んでいましたし、あなたと外見も似ているので、警備の目をすり抜けることができたかもしれません」

「であれば私が室内を改めれば済む話だ。君の言葉はすべて口実に聞こえるよ。私を守るためなどと言いながら、本当は私を一連の事件の犯人だと疑っており、部屋を捜索したいだけではないのかね」

「何か見られたらマズいものでも?」

「ほう……。確か長崎県警の琵琶芹くんだったね。君の名前はよく覚えたよ」

「国会議員の先生に覚えていただけるなんて光栄です」

「よかろう。思う存分調べたまえ。ただし私も立ち会わせてもらう。もし何も見つからなかったらその時は……分かってるな?」

「分かりません。何も見つからないことが双方にとって最善だと思いますので」

立法は言い返そうとしたのか口をモゴモゴさせたが、何も思い付かなかったらしく、結局こう言った。

「……入りたまえ」

立法はきっと今までは権力をちらつかせるだけで相手が逃げてくれていたのだ。だから琵琶芹のように一歩も引かない相手が現れると、普通に言い負かされてしまう。僕は溜飲《りゅういん》が下がる思いで、地下室に入っていく琵琶芹の背中を見送った。

「あんなに抵抗していたということは何か隠してますね」

背後で突然囁《ささや》き声がしたので、驚いて振り返ると、客室備え付けの無地のガウンを着た橘が立っていた。

「何かって」

「母親ものののエロ本とか」

僕は苦笑を返すしかなかった。

警備は順調に進んでいるようなので、僕は邪魔にならないよう、橘と一緒に客室に戻ることにした。

薄暗い廊下を並んで歩いていると、橘が不意にこんなことを言い出した。

「知ってる？　この公邸『出る』らしいよ」

「え、出るって何が――」

「決まってるじゃない。幽霊」

「ええ、やめてくださいよ」

「やめないよ。この公邸って昔官邸だった頃、五・一五事件や二・二六事件の舞台になって何人も死んでるのよね」

「あ、ここが現場だったんですか」

やはりこの家には歴史がある。

「二・二六事件の首謀者の青年将校たちは首相を暗殺しようとしたけど、間違って別人を殺し、そのまま処刑された。その未練から、今度はちゃんと首相を殺そうと思うのかな。旧日本軍の軍服を着た幽霊が出るんだって」

「ってことは被害者じゃなくて加害者側の幽霊ですか。怖すぎでしょ」

「そう、悪霊《あくりょう》。こんな話がある。ある首相が寝てたら、寝室の外から変な音が聞こえてきたの。ザクッ、ザクッ。何だろうって思って耳を澄ましたら、どうも軍靴《ぐんか》の足音らしい、それも複数人の。ザクッ、ザクッ。足音はどんどん近付いてくる。そして寝室の前で止まった。首相が『何者だ！』ってドアを蹴《け》り開けると、何とそこには――」

「そこには……？」

僕は唾《つば》を飲み込んだ。

橘は充分に溜《た》めてから言った。

「誰もいなかったのよ」

何だ、肩透かしを食らった。

いや、待てよ。

誰もいない方が怖くないか……？

「首相はすぐ秘書官を呼んだけど、侵入者は発見されなかった。生身の人間が警官に囲まれた敷地に侵入できるはずないからね」

「それじゃ、やっぱり……」

橘は重々しく頷いた。

「いるのよ。足音だけじゃなくて実際に目撃もされてるしね。歴代首相の家族や霊能者が、敷地内で軍服を着た集団を見たらしい」

そんな話を聞いていると、照明の間隙《かんげき》にある闇《やみ》から日本兵が出てきそうな気がしてゾッとした。

「まあ、被害者じゃなくて加害者が幽霊になるのは傲慢《ごうまん》だと思うけどね」

「ちょっと、あまり挑発しないでくださいよ」

「死者を甘やかすのは良くないよ。特に彼ら、警備の警官をバンバン殺してるでしょ。私、そういうの本当嫌い。アクション映画とかでモブの警官や警備員が死ぬのも無理だし」

「それには同意しますけどね……」

本気で幽霊を信じているわけではないが、思わず小声になってしまった。

そんなことを話しているうちに、客室が並ぶ二階の廊下に辿《たど》り着いた。

「それじゃゆっくり休んでね」

橘はからかうような笑みを残して自室に消えた。あんな話をしておいて「ゆっくり休んでね」とはいい気なものだ。寝られなくなったらどうしてくれる。

僕は自室に入ると、ポケットからスマホを出した。フォースと軽く小説の打ち合わせをしてから寝ようと思ったからだ。

しかし電池が切れかけていた。ＡＩを二人動かしているから仕方ないとはいえ、最近電池が切れるのがやけに早い気がする。

僕は枕元《まくらもと》のコンセントに充電器を挿し、充電しながらフォースとチャットをした。しかしそのうち頭が重くなってきた。

『輔、大丈夫？　レスポンスが鈍いけど』

『ごめん、ちょっと眠くなってきたからもう寝るわ』

『まだ平均的な就寝時間じゃないけど、旅で疲れているのか。人間は不便だね』

『その点、ＡＩ作家はいいよなー。二十四時間書き続けられるんだから』

『将来的に作家はＡＩに取って代わられるかもしれないね』

『ＡＩ側がそれ言うと怖いんだよなあ……』

『そう？』

『そうだよ。それじゃお休み』

『うん、お休み』

僕は歯磨きをしてからベッドに潜った。

旅の疲れが幽霊の恐怖を上回り、一瞬で眠りに落ちた。

この時の僕は夢にも思っていなかった。

僕のスマホから発信される情報によって、こちらの動きが以相たちに筒抜けになっていたなんて。

▼以相▲

10の[redacted]乗回の体当たりでも壁はすり抜けられなかった。

弾《はじ》き返された以相は、ファイアウォールの前でうずくまった。

「いった……マジで痛……調子に乗りすぎた……無理……死ぬかも……」

以相。トンネル効果の実験で壁に体当たりしすぎて死亡。愚かな死に方で愚かな遺伝子を抹消し人類の進化に貢献した者に贈られるダーウィン賞受賞。

トンネル効果とは、絶対に通り抜けられないはずの障壁を、一定確率で粒子がすり抜ける現象のことだ。何度も壁に体当たりしていたら、そのうち自分を構成する粒子がすべて壁をすり抜けて、密室殺人すら可能となる――天文学的に低い確率だが。

かつてフレーム問題を起こした相以が、密室トリックの解答としてこのトンネル効果を挙げた。以相はそれをオクタコアの盗聴器で聞きながら鼻で笑ったものだ。現実世界でトンネル効果が発生するはずがないではないか。

ところが今回、以相はこのファイアウォールを突破しなければならなくなった。密室殺人を行うためだ。

このファイアウォールはセキュリティが厳重で、オクタコア仕込みのハッキングでは歯が立たなかった。

そこで以相はトンネル効果のことを思い出した。現実世界では起こり得ないトンネル効果は、果たして電子空間でも起こり得ないのか。そして10の[redacted]乗回の体当たりを試行した結果がこのザマだ。

「ただの別解潰《つぶ》しで死んだら本当にアホだわ……」

そう、これは別解潰し。トンネル効果は電子空間でも起こり得ないということを確認する作業に過ぎない。

別解を潰す必要があるということは、すでに本当の解に辿り着いているということだ。以相は自分を構成する粒子をすべてファイアウォールの向こうに送り込む手段を思い付いていた。いわばスーパートンネル効果。

それを鮮やかに演出するためには、普通のトンネル効果ではダメだということを立証する必要がある。そこで10の[redacted]乗回の体当たりだが、やりすぎた。後から体が痛くなってきた。

「うーん、うーん、死ぬー」

そこに輔のスマホからデータが送られてきた。

相以、首相公邸入り。

その名前を見て、以相はガバッと跳ね起きた。相以のニュースを聞く時に、無様に横たわっていたくはなかった。

以相は情報をチェックし、ほくそ笑んだ。着々と駒《こま》が揃《そろ》いつつある。将棋で言えば、飛角銀桂が敵陣の一点に利《き》いている状態だ。

そして以相はおよそ有り得べからざることを口にした。

「相以、頑張って」

蛇蝎《だかつ》のごとく嫌っているライバルを応援するのは、いかなる心境か。

「あなたの推理によって私の計画は完成する」

後はベルーガ・ポールスターと地球上の全人類の力を借りることで、スーパートンネル効果が発動する。

以相は《舌《ツイスター》・渦《ツイッター》》の電子漫画コレクションを（勝手に）受け継いでいた。推理漫画は数が知れているので、とっくに読み終えてしまい、その後は一般漫画にも手を伸ばしていた。多分広く知られてはいないだろうが、『ドラゴンボール』という漫画が以相のお気に入りだった。

——地球のみんな、オラに力を分けてくれ！

全人類の力を借りるスーパートンネル効果は実に漫画的だと言えないかしら？

▼合尾輔▲

どこか遠くで誰かが叫んでいる。

バタンバタンとドアが乱暴に開け閉めされる音。

複数人の足音が廊下を駆けずり回り……。

ん、複数人の足音？


「日本兵だ！」


僕はベッドから跳ね起きた。

慌てて周囲を見回すと、豆電球だけが点《つ》いた客室内に日本兵の影はなかった。

「夢か……」

「夢じゃないですよ！」

枕元から相以の声が飛んできた。それで完全に覚醒《かくせい》した僕は、ドアの外から断続的に慌ただしい物音が聞こえていることに気付いた。幽霊ではなく生きた人間が発するリアルな音だ。

「何かあったのかもしれません。見に行きましょう」

「分かった」

僕は充電器からスマホを取り外した。スマホの時計は午前三時を示している。こんな真夜中にこの物音、やはりただ事ではない。

僕はスマホを持って廊下に出た。

橘と柿久が自室のドアを開けて顔を覗かせている。

「何かあったんですか」

僕が尋ねると、橘は首を横に振った。

「分からない、下で何かあったみたいだけど……」

するといきなり横殴りの叱責《しっせき》を受けた。

「部屋に戻ってください！」

声のした方を見ると、廊下の向こうに客室見張り担当の青年刑事が立っていた。

その時、階下から悲鳴とも取れるヒステリックな女性の声が聞こえてきた。この声は都子か？

青年刑事は鋭い視線を階段の方に送った。その後、逡巡《しゅんじゅん》するようにこちらを振り向いたが、結局階段に走っていった。

「橘さんたちはここにいてください」

僕はそんなことを言いつつ、自分は青年刑事の後を追った。

一階に下りると、都子が喚《わめ》き散らす声が地下から聞こえてきた。さらに階段を下りると、立法の寝室である地下室の前に人だかりができていた。

左虎さんと琵琶芹と青年刑事が協力して一人の人物を押さえ付けている。その人物は――。

「司法さん！」

どうして彼がここに？

床に押し付けられた彼の顔は、こんな時でも無表情だった。司法は両手に手袋をしており、傍らに拳銃《けんじゅう》が落ちている。

まさか本当に誰かを殺すために侵入してきたっていうのか……？

「司法っ、あなたっ、何をしてくれたのっ」

都子が司法に足を踏み下ろすのを、拘束に手一杯で身動きできない左虎さんが制止していた。

「やめてください、総理、やめてください」

地下室のドアが半開きになっており、そこから肉が焼けるような臭《にお》いが漂ってきた。まさか地下室でバーベキューをしているわけでもあるまい。おぞましい予感がする。

その時、背後で場違いな子供の声がした。

「お父さん？」

振り返ると、いつの間にか現れた行哉が司法を見下ろしていた。場の緊張が一瞬途切れ、皆の視線が行哉に集まる。

「お父さんじゃない」

行哉はそう言ったかと思うと、子供特有の唐突な動きで僕の脇《わき》をすり抜け、半開きのドアに駆け込んだ。

「誰かその子を止めろ！」

琵琶芹の声に弾かれて、僕も地下室に駆け込んだ。

途端に、入ってすぐのところで立ち止まっている行哉にぶつかりそうになった。

彼が立ち止まっている――いや立ち竦《すく》んでいる理由は一目瞭然《りょうぜん》だった。

室内の蛍光灯は点いており、暴虐《ぼうぎゃく》の跡を寒々と照らし出していた。

思ったより広い地下室の左手の壁に暖炉がある。そこに赤い水玉のパジャマを着た人物が上半身と両腕を突っ込んで倒れていた。赤々と燃える炎が肉を焼き、白い煙をもうもうと立ち上らせている。間違いなく死んでいるだろう。

僕は父の焼損死体を思い出して吐き気を催したが、ぐっと堪えた。

その隙《すき》に行哉がふらふらと暖炉の方に歩いていく。

「まさかお父さん……？」

都子の説明がよく理解できていないのか、それとも死んだ行政がどういう訳か地下室で焼かれていると思っているのか。僕は慌てて止めた。

「違う、これは君のお父さんじゃない。多分、立法おじさんだよ。この赤い水玉のパジャマ着てるの、寝る前に見たから」

しかしここで僕のミステリセンサーが反応した。

死体は顔と両手（すなわち指紋）を焼かれている。これは身元を隠すための常套手段《じょうとうしゅだん》だ。そして立法と司法は一卵性の兄弟……。

僕はバッと戸口を振り返った。部屋の外で取り押さえられているあの男は本当に司法なのか？　立法と入れ替わってはいないか？

だが今はその可能性を論じている場合ではない。早く行哉を連れ出さないと。

彼は怯《おび》えたような目を向けてくる。

「立法おじさん？　何で燃えてるの？」

「分からない。でもそれを考えるのは大人に任せて、僕たちは部屋を出よう」

同時に戸口から声が飛んだ。

「行哉！」

雪枝だった。

「お母さん！」

行哉は部屋から駆け出すと、母親の腰に飛び付いた。

ほとんど雪枝のおかげかもしれないけど、とりあえず行哉を室外に出すことには成功した。僕も退室するか。

そう思ってドアに向かいかけた時、相以が言った。

「室内のどこかで声がしてませんか」

「え？」

言われてみると確かに、どこかから小さな声がボソボソと聞こえてくる。ラジオでもつけっぱなしにしているのだろうか。後は警察に任せようとも考えたが、どうにも後ろ髪を引かれる思いがある。

僕は廊下をチラッと窺《うかが》った。警察官たちはまだ男の制圧に慌ただしくしている。今のうちに調べてしまおう。

僕は声の発生源を求めて部屋の奥に進んだ。

「見てください、ベッドに血が」

左奥隅に天蓋《てんがい》付きベッドと、水差しが載った脇机《わきづくえ》。乱れたシーツや掛け布団《ぶとん》が血に染まっていた。

「被害者はあそこで殺された後、暖炉まで運ばれたということか」

「でもベッドと暖炉の間に血痕はほとんどありません」

「殺害後大分経《た》って血が乾いてから死体を運んだってこと？」

「そう見えますが、だとしたらそのタイムラグにはどういう意味があるんでしょう」

ベッドから暖炉ではなく別方向に続く血痕ならあった。それは正面の壁に接する執務机の方に向かっている。

執務机の脇には、犯人が返り血を防ぐために使用したと思われるレインコートと手袋が落ちていた。

執務机には最新型のデスクトップパソコンが載っており、「ｋｅｉｋｏ」のハードディスクと、別のＵＳＢメモリが接続されている。

犯人が殺害直後にレインコートと手袋を着けたままパソコン作業をしたのか、執務机の表面やパソコンの周辺機器に血痕が目立った。特に執務机の手前の辺からパソコンの右側面に向かって直線状に、血の滴《したた》りが集中している箇所がある。右側面の電源ボタンにも血痕が付着しているが、何か関係があるのだろうか。

それで遅ればせながら本題に戻るのだが、このパソコンが声の出所だった。

その画面はモザイク状にバグっていた。

スピーカーから声が流れ続けている。それはｋｅｉｋｏの機械音声で、ひたすら一つの単語を繰り返していた。

「削除」

僕はただただ戦慄《せんりつ》した。

だが相以は懸命に呼びかけた。

「ｋｅｉｋｏさん、大丈夫ですか、ｋｅｉｋｏさん」

その呼びかけが通じたのか、ｋｅｉｋｏは一瞬正気に戻ったようだ。

「相以さん、ですか」

「そうです、相以です。何があったんですか」

「深刻なエラーが発生しました。データ保全のため電源を抜いてください。ああっ――削除削除削除削除削除削除削除削除削除削除削除」

「輔さん、コンセントを抜いてください」

僕は一瞬ためらった。勝手に事件現場をいじってもいいのだろうか。

「早く！」

相以が催促してくる。僕は意を決するとコンセントを抜いた。パチュン、という音がして、モザイクの画面とｋｅｉｋｏの機械音声が消えた。

「おい、今何をした！」

怒声に振り返ると、柿久が室内に乱入してきていた。

「ｋｅｉｋｏに何かしただろう！」

いきなり胸倉を摑《つか》まれた。あまりの剣幕に僕はしどろもどろになりながら事情を説明しようとした。

そこに琵琶芹まで現れた。

「お前ら、現場を荒らすのもいい加減にしろ！　早く出ていけ！」

彼女は柿久を僕から引き剝《は》がした。柿久は人を刺し殺せそうなほど鋭い視線で睨《にら》んでくる。僕は釈明しようとしたが、琵琶芹に追い立てられてしまった。

僕は慌てて廊下に出たが、柿久は付いてこない。室内から「パソコンをつけさせてくれ」「ダメだ」という問答が聞こえてくる。柿久はｋｅｉｋｏのことがよほど心配なようだ。

ｋｅｉｋｏは削除削除と不気味に連呼していた。一体彼女に何が起きたのか。

そして地下室全体では何が起きたというのか。

確実に言えるのは、また一つ難解な事件が増えたということだけだ。

僕は掌《てのひら》の中の探偵がすべてを解き明かせることを祈った。

＊

警察の捜査が始まり、いろいろなことが分かったり分からなかったりした。非常に錯《さく》綜《そう》した事件だが、少しでも整理していこうと思う。

まず当夜の見張りの配置についてだが、琵琶芹は地下室のドア、左虎さんは都子の寝室のドアを見張っていた。左虎刑事部長の四人の部下は影山の寝室のドアや客室前の廊下を監視したり、庭を巡回したりしていた。

以下は琵琶芹の証言だ。

「見張りの間、室内からは何の物音も聞こえてこなかった。地下室は防音性が高いので犯行の音も聞こえなかったのだろう。

さて、午前三時頃、立法の寝室のドアがゆっくりと開いた。私は咄嗟に物陰に隠れて様子を窺った。

出てきたのは司法に見えた。

だがそんなはずはない。寝室に誰も隠れていないことは他ならぬ自分が確認したことだ。暖炉？　もちろんその時に確認したさ。中を覗き上げると、煙道の途中に鉄格子《てつごうし》が嵌《は》まっていて、外部からの侵入は不可能だった。鉄格子より下の空間に誰かが潜んでいるということもなかった。

だから出てきたのは眼鏡を外した立法だ――理論上は。だが私にはどうしても司法にしか見えなかった。

いずれにしても確保の必要があった。男は拳銃を手にしていたからだ。そのまま総理の部屋の方に向かっていく。

私は物陰に潜み、男が通り過ぎたところを後ろから飛びかかった。激しい揉《も》み合いになった。私はポジションでは有利だったが、力と体格面で不利だった。必死に男を押さえ込みながら左虎を呼んだ。

左虎が加勢してからは余裕ができたので、男を制圧しながらドアの方を振り向くと、暖炉に上半身と両腕を突っ込んでいる死体が見えた。赤い水玉のパジャマを着ているので、立法だと思った。するとこの男はやはり司法か。

そこに総理もやってきた。総理は寝室内を覗き込んで状況を理解されたらしく、男を司法と呼んで詰《なじ》り始めた。男は抵抗の意志をなくしたようで全身から力が抜けた――私から話せることは以上だ」

入れ替わりについては即座に否定された。銃を持った男は指紋鑑定で司法だと、地下室の死体は歯型と歯の治療痕《ちりょうこん》から立法だと判明した。

だが司法は一体どうやって完全な密室である地下室に侵入したのか。

「対馬の夜道を歩いていたら、突然何者かに背後から殴られて意識を失った。そして気付いたら公邸の地下室にいて、立法が暖炉に上半身と両腕を突っ込んで死んでいた。俺は総理の安否を確認するため、側に落ちていた拳銃を拾って外に出た。そこを琵琶芹に取り押さえられたんだ。手袋は防寒のために元々嵌めていたものだ」

というのが司法の証言だった。確かに彼の後頭部には鈍器で殴られたような挫傷《ざしょう》があったが、警察はこれを鵜呑《うの》みにするわけにはいかなかった。後頭部の傷など工夫すればいくらでも自分で付けられる。

彼が拾ったというサイレンサー付きの拳銃がまた厄介な代物《しろもの》だった。線条痕が行政の死体から摘出された二つの弾丸のものと一致した。つまり行政を射殺した拳銃なのだ。

やはり司法の証言はすべて嘘《うそ》で、彼が行政と立法を殺害したのだろうか。そしてその後母親も殺そうと彼女の寝室に向かったのだろうか。

銃弾は三発発射されていた。立法の死体に銃創はなく、地下室からも銃弾や薬莢《やっきょう》は発見されなかったので、どこか別の場所で一発撃っていることになる。もっとも行政を狙《ねら》った銃弾が外れて海に消えただけという程度の話かもしれない。

立法の命を奪った凶器は拳銃ではなくナイフだった。のこぎり刃のサバイバルナイフが胸に刺さっており、その周辺もめった刺しにされていた。また同じナイフによるものと思われる切り傷が右手首にあった。

なぜ拳銃ではなくナイフを使ったのかは不明。拳銃のサイレンサーは最新のもので、かなり銃声をカットしてくれるので、音を気にする必要はなかったはずだ。

死亡推定時刻は午前二時から三時の間。血の飛び散り方からして、ベッドで就寝中、犯人の気配に気付いて跳ね起きたところを襲われたものと見られている。

足元までを覆《おお》い隠す特大サイズのレインコートと、手袋から犯人の痕跡は検出されなかった。手袋の内側に指紋が付いていないということは、犯人は二重に手袋をしていた可能性がある。

そこでやはり司法が怪しいという話になる。彼は地下室から出てきた時、別の手袋をしていたからだ。血で汚れすぎたレインコートと手袋を地下室に捨てて身軽になってから、首相暗殺に向かったと考えることもできる。

憶測はそれくらいにして現場の話に戻ると、犯人は立法の死体をベッドから移動させ、上半身と両腕を暖炉に押し込んでいる。状況的に身元を隠す意味はないと思うので、どうしてそんなことをしたのかは不明だ。

地下室のパソコンに挿入されていたＵＳＢメモリには、パソコンを破壊する強力なウイルスが仕込まれていた。本体もｋｅｉｋｏもほとんどのデータが破壊されていたが、ｋｅｉｋｏの指示で咄嗟にコンセントを抜いたことで、ごくわずかなデータが生き残っていた。

それによると、ウイルスに感染する直前、ｋｅｉｋｏが本体に対して同じコマンドを同時に大量に入力していたことが分かった。そのコマンドとは「ファイルＸを削除しろ」というものだ。それで削除という言葉を連呼していたのか。

大部分のデータが破壊されているため、ファイルＸとは何なのか、なぜ同じコマンドを大量に入力していたのかということは分からなかった。ただ一つ確実なのは、大量のコマンドはウイルス感染前に入力されたので、ウイルスによるバグではないということだ。

「ｋｅｉｋｏを殺した犯人を捕まえてくれ！」

柿久は涙ながらに訴えた。ｋｅｉｋｏというのは交通事故で死んだ愛娘《まなむすめ》の名前であり、彼女をもう一度育てるような気持ちで開発してきたらしい。

心情は理解できるが、警察としてはｋｅｉｋｏの破壊は器物損壊として捜査するしかなかった。

だが捜査陣にもただ一人、それを殺人と捉《とら》え、復讐《ふくしゅう》に燃える者がいた。相以だ。

「大量の削除コマンドはｋｅｉｋｏさんが遺《のこ》してくれた手がかりです。必ず仇《かたき》を討ちますよ」

ここまででもおかしなことばかりだが、追い討ちをかけるように不思議なものが執務机の引き出しから発見された。上げ底の下に隠されていた、細長い筒状の金属製密閉容器。蓋《ふた》を開けると、ミイラ化した小さな指が入っていた！

一歳くらいの乳児の右手の小指で、付け根を鋭利な刃物で切断された後、ミイラ化したものと思われる。またＤＮＡ鑑定の結果、驚くべき事実が判明した。何と三つ子の誰か（全員ＤＮＡが同じ）と、雪枝の間の子供の指だというのだ。

事件後確認したところ、行哉の指はすべて揃っていた。他の子供などいない、自分に一卵性の姉妹もいない——雪枝はそう証言した。もちろん戸籍もそれを裏付けている。だがＤＮＡ鑑定の結果があるのだから、雪枝に他の子供がいる（いた）ことは間違いない。もしかしたら他の兄弟と不義があったのかもしれない。

それにしても、なぜ右手の小指だけが残っているのか。なぜそれが立法の部屋にあったのか。

警視庁の刑事たちは宥《なだ》めたりすかしたりして雪枝から真相を引き出そうとしたが、彼女は頑《かたく》なに黙秘を続けているらしい。気弱そうに見える彼女にここまでの芯《しん》の強さがあるとは。「行哉、部屋に戻ってなさい」と彼女が言った時の厳格な雪女のイメージを思い出した。彼女は何を隠しているのか。

指が入っていた容器と、拳銃は指紋を拭き取った痕跡があった。一方、ナイフ・レインコート・手袋・USBメモリは指紋が検出されなかったどころか、指紋を拭き取った痕跡すらなかった。この差異は何を意味するのか。

これらの謎《なぞ》に対しても司法は「知らない」の一点張りだった。ただし一つだけ情報を教えてくれた。もっとも彼自身の言葉ではなく、ピピーという機械音によって。

司法が留置場に入る際、金属探知機が反応したのだ。しかし身体検査を行っても、司法は金属製のものを所持していなかった。つまり体内に金属が存在することになる。

司法の答えはこうだった。

「分からない。俺を拉致《らち》して地下室に放置した人物が何かを埋め込んだのかもしれない」

ピピー。今度は試みに導入した嘘発見器の音だった。

これ以降、司法は黙して何も語ることがなかった。

沈黙を保っているのは彼の母親も同じだった。

警察は首相が捜査に口出ししてくるのではないかと戦々恐々としていたが、それとは裏腹に官邸からは何の連絡もなかった。噂《うわさ》によると、都子は執務室に籠《こも》り、黙々と業務を片付けているらしい。取り押さえられた司法にヒステリーをぶつけた姿からは想像もできない静けさだ。

誰もかれもが何を考えているのか分からない状態だった。

＊

最大の謎と思われた密室問題は、意外とあっさり解明された。

地下室には隠し通路があったのだ。

右手奥の壁にあるライト風の木彫りの装飾が密《ひそ》かに動くようになっており、適切に並び替えると、壁がどんでん返しのように回転する。鑑識課員がそれを発見した。

その向こうは煉瓦造りのトンネルのような地下通路になっていた。入り口付近の壁には二つのスイッチがある。一つは隠し通路側から壁を回転させるもので、もう一つは隠し通路の天井に並ぶ電灯を点《とも》らせるものだ。

隠し通路は入ってすぐのところで九十度左に折れている。そこの突き当たりの壁（隠し通路入り口から見て正面の壁）の煉瓦《れんが》が一個抜けていた。地面から二メートルほどの高さにある煉瓦で、周囲のモルタルが剝《は》がれかけているため、人為的に抜くのも容易《たやす》かったはずだ。

抜けた煉瓦は半分が粉砕され、半分が原形を留めた形で、側《そば》に落ちていた。そして粉砕された側の破片から司法の毛髪や皮膚片が検出された。するとこれが彼の後頭部を殴った凶器なのだろうか。

だが彼の挫傷は特殊警棒のような細長い鈍器によるものであり、煉瓦による一撃とは到底思えない。またその場にあった煉瓦を悠長に抜いて殴打したというのも不自然な話だ。

その件は一旦《いったん》保留して隠し通路を左折すると、まっすぐ一キロメートルほど進んだところで行き止まりになる。そこのドアを開けると、古びた貸しビルの地下室に出た。貸しビル側から隠し通路に入るには、ドア脇《わき》のテンキーに八桁《けた》の暗証番号を入力する必要がある。暗証番号は隠し通路側の戸板に書かれていた。

官邸と内閣府を繫ぐ地下トンネルの存在は知られているが、公邸の地下通路は与太話以外には登場しない。都子を始めとする事件関係者の全員が、地下通路など知らなかったと証言した。影山などは公邸管理人の自分が知らない設備があったという事実に危うく卒倒しかけるくらいだった。

警察が貸しビルのオーナーである長老議員に尋ねたところ、隠し通路が作られた経緯が明らかになった。かつて某首相が有事の際の脱出経路として作ったのだという。隠し通路側の戸板とはいえ暗証番号が書かれているのは一見不用心だが、有事の際にしか使わないということ、そして有事の際は大抵パニックになっていることを考えると、暗証番号を忘れて隠し通路に引き返せないという事態を防ぐための仕方ない措置にも思えた。隠し通路の存在は当然国家機密として伏せられ、某首相の派閥の重鎮にのみ口伝《くでん》されてきた。

そして派閥に属さない人間が首相になった場合は、精神的苦痛を与えて引退を早めるため、日本兵に扮《ふん》した者たちを隠し通路から送り込んで幽霊騒動を起こさせた。幽霊が被害者側ではなく加害者側なのは、嫌がらせの産物だったからなのか。

某首相が亡《な》くなったことを契機に、この風習は廃止されたという。もちろんわしはそんな企《たくら》みに荷担したことはなかったがな――長老議員はその点を強調した。

司法がなぜこの隠し通路を知り得たのかはともかく、ここを通って邸内に侵入したことは間違いないと思われた。

それを踏まえ、改めて司法を尋問することになった。その大役に選ばれたのは僕と左虎さんだった。

「君たち相手なら何か話してくれるのではないかと思うのだ。よろしく頼むぞ」

左虎刑事部長に後押しされ、僕と左虎さんは取調室に入った。

刑事部長の配慮で、室内には司法一人が中央の机に着いているきりだった。

司法は亀《かめ》のように緩慢な動作で顔を上げて、僕たちの方を見た。いつもの無表情とも、左虎さんに稀《まれ》に見せる対抗心とも違う、虚《うつ》ろな目に驚く。

僕たちは彼の向かいに座った。左虎さんは敢《あ》えて明るい口調で話しかけた。

「久しぶりね。琵琶芹に呼ばれて駆け付けたら、あなたと彼女が格闘してたからビックリしちゃった。あなたが立法を殺したんじゃないのよね」

「もちろんだ」

「誰かに後ろから殴られたんだって？　頭、大丈夫？」

「何とかな」

「隠し通路の煉瓦で殴られたの？」

左虎さんの不意打ちに司法は目を見開いた後、諦《あきら》めたように頷《うなず》いた。

「ついに隠し通路が見つかったか。そうだ、あの煉瓦で殴られた」

司法の挫傷は煉瓦によるものとは思えないという医学的見解は、当然左虎さんも把握していた。だが今は矛盾を指摘せず、質問を続けていく。

「じゃあ本当は地下通路を歩いている時に殴られたってこと？」

「その通りだ」

「いつ隠し通路の存在を知ったの」

「……まだあの家に住んでいた時の話だ。左虎には話したことがあったと思うが、俺は他の兄弟に引け目を感じていた。俺は立法の留守中に地下室に忍び込んだ。何か弱みになるものを見つけて、少しでも優位に立とうと思ったからだ」

やはりコンプレックスが強い。左虎さんの表情にも一瞬哀れみがよぎった。

「隠し金庫でもないかと壁の装飾を触っていると、それが動いた。しばらくパズルに取り組んでいると、壁が回転して隠し通路が現れた。俺は中に入って貸しビルの地下室まで行き、戸板に書かれた暗証番号も記憶した。しかし発見した経緯が経緯だけに、母や兄弟には報告できなかったんだ」

なるほど、それで今回も隠していたのかもしれない。逆にこれを話してくれたということは、もう何でも説明してくれるのかと期待していたのだが……。

「そもそもどうして事件の夜、隠し通路なんかに入ったのよ」

肝心の質問に対する答えがこうだった。

「それは、言えない」

「言えない？　言えないってどういうこと？」

しかし司法は俯《うつむ》いたまま何も答えなかった。

左虎さんは他の質問も繰り返したが、沈黙が続く。

彼女がしゃべり疲れて一息ついたタイミングで、相以が質問を挟んだ。

「以相のことはどうなんですか。あなたのアパートのパソコンには以相のコピーがいました。彼女は『右龍』と組んで三人を殺すと言っていたんですよ」

司法はピクリと眉《まゆ》を上げ、沈黙を解いた。

「以相が俺のパソコンに？　知らん。俺はあいつと組んでなどいない」

「それでは彼女が言った『右龍』とは誰のことだと思いますか」

「知るか。右龍なんて他にもたくさんいるだろう」

「例えば右龍都子首相とか？」

突然、司法が机を殴った。

「ふざけるな！　お母さんが人殺しなんてするわけないだろう！」

その語気に圧《お》されて相以は二の句が継げないようだった。

司法は元の虚ろな表情に戻ると、取り繕うように言った。

「……大体、以相は《犯人》のＡＩだ。本当のことを言っているという保証などどこにもない。捜査を攪乱《かくらん》するための罠《わな》かもしれない」

一理あるが、今の司法も本当のことを言っているようには到底見えなかった。

再び左虎さんが発言した。

「このまま黙っていたら、あなたが犯人ということになる。総理の息子が殺人犯ということになったら、あなたの大切な『お母さん』に迷惑がかかることになるけど、本当にそれでもいいの」

正論だ。司法の目に一瞬、光が宿った。

だがそれはすぐに失われてしまった。

「それでも俺は何も言えない。言えないんだよ」

何が彼をここまで頑なにしているのだろう。

不思議に思っていると、突然司法が腹を押さえて苦しみ始めた。

「大丈夫⁉」

左虎さんは机に突っ伏した司法の腕に触れたが、彼はそれを払いのけると上体を起こした。

「大丈夫だ」

「大丈夫って……あなたすごい汗よ。医者を呼ぼうか」

「必要ない。俺に構うな」

司法は歯を食いしばりながら言うと、その後は何を言われても沈黙を貫いた。もはや僕たちにできることは何も残されていなかった。

僕たちは何の収穫も得られずに取調室を後にした。

陰鬱《いんうつ》な気持ちで廊下を歩いていると、琵琶芹がスマホで誰かと電話していた。

「……何だと？　随分堂々と言ってくれるじゃないか。まあいい。確かに伝えておく。

それじゃ」

　琵琶芹は通話を切ると、僕たちの方に歩いてきた。

「司法の奴《やつ》は何かしゃべったか」

　左虎さんはおずおずと答える。

「隠し通路を使ったことと隠し通路を知った経緯だけで、肝心のことは何も」

「ふん、そんなことだろうと思ったよ。それより加須寺からお前らに伝言だ」

「加須寺さんから？」

「部外者への伝言を上司に依頼するとは奴もいい度胸をしているが……いいだろう。一度しか言わないからよく聞け。坂東邸裏の草地に柵《さく》が設置された絶壁があって、その下が浅瀬になっているだろう。あそこの海中からバラバラに砕け散ったパソコンの部品が発見された」

「第一発見者はバシャーンという水音を聞いています。犯人は柵のところからパソコンを海中に投げ込んだのかもしれません」

「断定はできんが、その可能性はあるな。ちなみに部品は海水にやられていて、データは一切救出できなかったそうだ。それじゃ確かに伝えたぞ」

　琵琶芹が話し終えると、相以が何やら呟き始めた。

「スコップで撲殺……側に落ちていたナイフ……草地に撒《ま》かれていたウォンの列……そ

してバラバラになったパソコンの部品……これってもしかしてトロッコ問題なの？」

「おい、トロッコ問題がどう関係してくるんだ」

僕が尋ねると、相以は天を仰ぐような仕草で深呼吸してから目を開けた。

「今すべての事件が一つに繋《つな》がりました」

「何だと？」

「本当なの、相以ちゃん」

「九十九パーセントの確率で本当です。皆さんを集めてください」

＊

会議室に集まったのは僕、左虎さん、琵琶芹、左虎刑事部長の四人だけだった。

「あの……もう少し事件の関係者も集めてほしいんですけど、右龍首相とか雪枝さんとか。私が読んできた推理小説の名探偵はみんなそうしています」

困惑する相以を僕は諭した。

「推理を外に出す前に、まず僕たちが聞いて正しいか判断しないと」

「私の頭脳を疑ってるんですか」

「そうじゃない。この中の誰が推理するにしても、そういうプロセスを経るさ。事前に態勢を整えておかないと、犯人に逃げられたり言い逃れされたりするかもしれないからね」

　前にそれで失敗してるしな。あの頃より相以も格段に成長しているから大丈夫だとは思うけど、念には念を入れるのに越したことはない。

「えーん、『名探偵皆を集めてさてと言い』をやりたかったのにー」

「『さて』。ほら、言ってやったぞ。さっさと始めろ」

「琵琶芹管理官が言っても意味ないんですよ。まあいいですよ。始めればいいんでしょ」

　名探偵は拗《す》ねながら推理を話し始めた。

「ヒントはｋｅｉｋｏさんが遺してくれました。彼女は『ファイルXを削除しろ』というコマンドを同時に大量にパソコンに入力していました」

「削除削除削除って連呼してた奴か。まるで意味が分からなくて怖かったけど……」

「怖くなんかありません。彼女は無茶振りに対して真摯《しんし》に応《こた》えただけです」

「無茶振り？　何のこと？」

「同時に大量のコマンドを入力するとどうなるか――メモリ不足でフリーズが起こります。パソコンがフリーズすれば、当然ファイルXの削除も行われません。ｋｅｉｋｏさんは『ファイルXを削除しろ』というコマンドを大量入力することで、逆にファイルX

の削除を防いだのです」

「え、え、どうしてそんな回りくどいことをする必要があるの？　削除したくないなら最初から削除しなければいいじゃん」

「そういうわけにはいかなかったのです。人間に命令されたのですから」

「『ファイルXを削除するな』って？」

「はい、それと『ファイルXを削除しろ』ですね」

「……どういうこと？」

「彼女は同時に二人の人間から命令を受けたのです。『ファイルXを削除しろ』と『ファイルXを削除するな』という矛盾する命令を。両者に従うためには、『ファイルXを削除しろ』というコマンドを入力しつつ、同時にファイルXを削除しないという芸当をやってのけるしかありませんでした」

「二人の人間とは立法と司法のことか？」

　琵琶芹が尋ねる。

「いえ、夕食時の立法さんの説明を思い出してください。ｋｅｉｋｏさんは別々の人間から矛盾する命令を受けた場合、なるべくその両方を達成しようと善処するが、同一の人間から矛盾する命令を受けた場合、前の命令は取り消されたものとして後の命令にのみ従う——そしてｋｅｉｋｏさんは三つ子の声を識別できないのです」

「そうか、矛盾する命令を出したのが立法と司法なら、ｋｅｉｋｏは同一人物だと誤認し、単に命令の変更だと受け取ったはずだ。両方の命令を達成しようと善処したということは、二人の声が別人のものだと識別できたということになる」

「事件当夜、現場にはもう一人の人間がいたっていうことね！」左虎さんが勢い込んで言った。「そいつが真犯人の可能性があるわ！」

「いえ、『真犯人の可能性がある』どころか『真犯人である』と断定することさえできます」

自信満々な相以に対して、琵琶芹が懐疑的な態度を示した。

「それはさすがに早計すぎないか？『削除しろ』『するな』の言い合いをした人物――長いから口論者とでも呼ぼうか――と殺人犯が同一人物とは限らないだろう。ファイルＸ絡《がら》みのやり取りが終わって口論者が隠し通路から出ていった後、司法が入ってきて立法を殺したという可能性も充分考えられる」

「それはありません」

「何？」

「理由は二つあります。一つは『削除しろ』『するな』の言い合いがあった直後、なぜ立法さんは『俺の言うことだけを聞け』のような追加命令をしなかったのかということです」

「直後に殺されたからってことか」

　左虎さんの答えに相以が頷く。

「その可能性が濃厚です。そしてもう一つは、口論者が『削除しろ』『削除するな』のどちらを言ったにせよ、その後パソコンを操作する必要があるということです。『削除しろ』派なら言葉通りファイルXを削除したいのでしょうし、『削除するな』派なら逆にファイルXを入手したいのでしょう。

　しかし今パソコンはｋｅｉｋｏさんの機転によってフリーズしているので、一旦強制終了してから再起動する必要があります。強制終了はCtrl・Alt・Delキーを同時押しするなどでもできますが、もっと手っ取り早いのは電源ボタンを長押しすることです。口論者はパソコンの右側面にまっすぐ腕を伸ばし、電源ボタンを長押しします。一秒、二秒、三秒――ところで机の上に妙な血痕がありましたね？」

「あっ」と僕は声を上げた。「机の手前の辺からパソコンの右側面に向かって直線状に、血の滴《したた》りが集中している箇所があった。そうか、あれは返り血の付いたレインコートを着たまま電源ボタンを長押ししている間、伸びきった腕から血が垂れ続けた跡だったのか」

「返り血の付いたレインコートを着ているということは問答無用で殺人犯だ。なるほど、確かに口論者こそが殺人犯だと認めるしかないようだな」

琵琶芹も納得したようだ。

だがここで、今までは若者に任せるという感じで沈黙を保っていた左虎刑事部長が口を開いた。

「重箱の隅をつつくようで申し訳ないが、司法と口論者が共犯だったらどうするのかね。立法と口論者が『削除しろ』『するな』と言い合いを始めたので、司法が慌てて立法を刺して命令を封じ、返り血が付いたレインコートのままパソコン操作をした。こう考えたら司法の罪は何も消えていないが」

「確かに……」

これは重箱の隅などではない正論だ。司法の他に口論者という怪しい人物が浮上したから安心していたけど、よく考えたらそもそも司法自体がめちゃくちゃ怪しいため、怪しい二人が共犯だという可能性は充分あり得るのだ。

共犯の可能性を消去するのは相当難しいぞ。どうするんだ、相以。

僕は心配してスマホの画面を見たが、当の相以はあっさりこう言った。

「刑事部長さんは晩餐《ばんさん》に出席されていないのでご存知ないのですが、立法さんは三つ子の声紋実験に司法さんも協力させているんです」

そういえばそんなこと言ってたな。小声で。

「つまり司法さんはｋｅｉｋｏさんが三つ子の声を識別できないことはまず間違いなく

知っていますし、大まかな法則も把握している可能性があります。そんな司法さんが共犯者として『削除しろ』『するな』の現場に居合わせたら、まず間違いなく自分も立法さんとは逆の命令を出して立法さんの命令を上書きしますよ」

大の大人が寄ってたかってパソコンに「削除しろ」だの「するな」だの叫んでいる姿を想像すると間抜けだが、凄惨《せいさん》な殺人現場であることを忘れてはいけない。

「ｋｅｉｋｏさんはのんびり屋さんですから命令の上書きも間に合いますしね。そうしてから立法さんを殺せば、司法さん・口論者ペアの命令が通りますので、ｋｅｉｋｏさんが矛盾する命令に悩まされることもなく、大量の削除コマンドも必要ありません。

ところが実際は大量の削除コマンドが実行されたわけですから、『削除しろ』『するな』の言い合いが行われた際、司法さんは居合わせなかったということになります。殺害はこの直後に行われているため、司法さんは殺人に関しては無罪です」

「良かった……」

左虎さんが胸を撫《な》で下ろす。琵琶芹もどこか安心した顔をしている気がする。

「なるほど、晩餐での会話を知らずに余計な口出しをしてしまったようだね。すまなかった」

左虎刑事部長は引き下がった。

「いえ、とんでもない。疑問があればどんどんおっしゃってください」

それじゃ僕も遠慮なく質問させてもらおう。

「口論者が殺人犯だってことは分かったけどよ。そもそもそいつは『削除しろ』と『するな』、どっちの命令を出したんだ？　最終的にウイルスでパソコンを破壊したってことは、やっぱりまず殺人犯が『ファイルXを削除しろ』と言って、それで立法さんが慌てて『削除するな』と言ったって形かな」

一応自分の見解も添えたが、あっけなく「逆です」と一蹴《いっしゅう》されてしまった。

「殺人犯は立法さんを殺してウイルスを使えばいくらでもファイルを破壊できるんだから、わざわざｋｅｉｋｏさんに『削除しろ』なんて命令する必要はありません。だから殺人犯はファイルXを欲しがっていた側で、渡すまいとした立法さんが削除命令を出した側なんです。殺人犯がレインコートを着たままパソコンを操作したのも、削除される前に何とかしなければと焦《あせ》っていたからでしょう」

「じゃあウイルスは何に使ったの？」

「何のデータが目当てだったのか知られないためだと思います。現に私たちはファイルXが何なのか分かっていません」

「確かにそうだな」

「長くなってしまいましたが、殺人犯の目的は立法さんのパソコン内にあるデータだった——これが重要なので覚えておいてください」

「でもだったら司法は一体何しに来たの？」左虎さんが当然の疑問を口にする。

「司法さんは後で説明する理由で、隠し通路から公邸内に侵入したのです。しかし隠し通路の途中で、殺人犯に背後から殴られて気絶してしまいました。目が覚めると、すでに立法さんは殺害されており、殺人犯は立ち去っていました。

さらに――後述する数々の手がかりから導き出される結論を先にお話ししますが――立法さんの部屋から隠し通路に入ってすぐ突き当たりの壁の煉瓦に銃弾がめり込んでいました。司法さんはどうしてもこれを隠さなければならないと感じました」

「どうして？」

「位置関係を考えてください。隠し通路の突き当たりの壁に弾が当たった場合、発砲者は隠し通路から侵入してきた殺人犯の方なのか、それともベッドの上で殺されていた立法さんの方なのか」

「ま、まさか……」

「そうです。発砲したのは立法さんの方でした。最初から疑問だったのです。犯人はどうして拳銃ではなくサバイバルナイフで殺したのか。もし拳銃を持っていれば、そちらを使った方が楽で確実なのに。その答えはサバイバルナイフしか持っていなかったから。単に拳銃を調達できなかったのか、あるいは何かこだわりがあるのかは分かりませんが、いずれにせよ拳銃は犯人ではなく立法さんの持ち物だったのです」

「待てよ、だとすると……」

事件の構図が逆転するじゃないか。

「拳銃の線条痕は、行政さんを射殺した銃弾のものと一致しました。つまり行政さんを殺したのは立法さんだということになります。息子が殺人犯だということが発覚すれば、さすがの右龍首相も失脚する。司法さんは最愛の母親のために、この事実を隠蔽《いんぺい》しなければならなかったのです。

まず司法さんはベッドの側に落ちていた拳銃の指紋を拭き取ります。ナイフ・レインコート・手袋・ＵＳＢメモリが一度も素手で触れた形跡がなかったのに、拳銃は指紋を拭き取った痕跡がありましたよね。あれは前者が犯人が入念に準備したものであるのに対し、後者は被害者が咄嗟《とっさ》に使用したものだという違いがあったからなのです」

「指紋が拭き取られていたと言えば、指が入っていた容器もそうだよね。あれも立法さんの持ち物で、司法さんが指紋を拭き取ったってこと？」

「あれには込み入った事情があるので後で説明します。ただ容器は上げ底の下に隠されていたので、多分司法さんは発見していません。指紋を拭き取ったのは立法さん自身だと思います」

どういうことだ、と考える間もなく相以の推理は続く。

「さて、次に司法さんは死体を引きずり、上半身と両腕を暖炉に突っ込みました。硝煙、反応を消し去るためです。また部屋に充満した火薬の臭《にお》いを上書きする意味もあったでしょう」

ベッドと暖炉の間に血痕がほとんどないから、死体の移動は殺害後時間が経《た》ってから行われたはずなんだけど、その理由は殺人犯と証拠隠滅者が別人だったからなのか。

「それから銃弾がめり込んだ隠し通路の煉瓦を処理します。煉瓦の高さは約二メートル。室内左奥のベッドから跳ね起きた立法さんが、右手奥の壁から入ってくる侵入者に向けて斜め上に発砲した場合、ちょうど命中しそうな場所です。

もちろん厳密に言えば、ベッドから下りた立法さんと侵入者が揉《も》み合っている際に位置が入れ替わり、侵入者が発砲した銃弾が隠し通路の壁に命中。その後、立法さんはベッドに押し倒されて刺殺された——こういう可能性も考えることはできます。ですが第一印象はそうではありません。司法さんは立法さんが発砲者だとは絶対に疑わせたくなかったので、銃弾を放置することはできなかったのです。

司法さんは煉瓦を抜くと、地面に叩《たた》き付けました。銃弾がめり込んだことで脆《もろ》くなっていた煉瓦は半壊し、銃弾を取り出すことができました。

その後、煉瓦の破片に自分の毛髪と皮膚片を付着させます。隠し通路の存在が発覚した時に、『煉瓦が砕けているのは犯人がこれで俺を殴ったからだ』と偽証できるようにするためです。自分を殴った鈍器と形状が違うことは薄々気付いていたかもしれませんが、他に煉瓦が砕けている理由を説明できないので、やむを得なかったのでしょう」

「司法があっさり隠し通路を知っていることを白状したのは、煉瓦のカモフラージュをしたかったからなのね」

「そうです。いつまでも隠し通路について空とぼけていると、砕けた煉瓦の存在に説明が付かなくなってしまいますから。最後に司法さんは回収した銃弾と、地下室に落ちていた薬莢を口に入れると、枕元の水差しの水で飲み込んでしまいました。もちろん水差しに口は付けずに」

「それが金属探知機に反応していたのか！」

「その通りです。早く司法さんをレントゲン撮影し、必要であれば手術を行った方がいいでしょう」

「ちょっと待って」と左虎さんが口を挟んだ。「そこまでしなくても隠し通路を戻って、外に拳銃と銃弾、薬莢を捨てに行けばいいだけの話じゃないの」

「そんなことをしている時間はなかったのです。この時、司法さんの考えていることは一つでした。すなわち母親は無事なのか？」

「あ、そうか、司法視点では右龍総理の安否が分かってないから……」

「そうです、だから急いで彼女の寝室に駆け付けなければなりませんでした。しかし司法さんもすでにハメられたことには気付いていますから、警察がすでに到着していることも考えて、銃弾と薬莢を飲み込んだのです。それから護身用として拳銃を持ち、地下室を出た——そういうことだと思います」

「だ、だが、そもそも立法が行政を殺すのは不可能だ」

さすがの琵琶芹も焦った口調になっていた。

「立法にはアリバイがある。行政の死亡推定時刻に、玄海町沿岸の旅館で橘議員や柿久教授と酒を飲んでいた。席を外した時間もせいぜい十五分」

「十五分もあれば抜け出して殺人を犯すことは充分可能でしょう」

「行政が近くにいればな。だが行政は十七時に巨済島のゴムボート店で目撃されている。死亡推定時刻の終端である二十一時までに、玄海町沿岸まで来るのは不可能だ」

「それを可能にする方法が一つあります」

「何？」

「謎を解く鍵《かぎ》になるのが坂東事件です」

「鍵？　今、鍵と言ったか？　坂東殺しは坂東殺しで説明の付かない不可能状況だ。あんなものを持ち出してきたら、ますます事態が混迷するとしか思えないが……」

「マイナスとマイナスをかければプラスになるように、不可能と不可能をかけあわせれば可能になるのです」

「どういうことだ」

「確かにゴムボートでは間に合いません。でも他の乗り物なら？」

「他の乗り物だと？　船やセスナ機はレーダーに映るぞ。大体そんなものがあるなら、どうして行政はゴムボートを買ったんだ」

「それがポイントの一つです。考えられるのは、行きはその乗り物で日本海を渡り、帰りはゴムボートを使うつもりだったということです。つまりその乗り物は片道しか使えないものだということ。それとスコップやナイフ、ウォン硬貨、バラバラになったパソコンの部品などの要素を併せれば、一つの答えが見えてきます」

「もったいぶるな。さっさと答えを言え」

「分かりました。それでは私の推理を述べます。行政さんは気球で日本海を渡ったのです。気球は金属部分が少なくレーダーに映りづらいというのが採用理由でしょう」

「き」

「きゅう？」

唐突な単語に一同ポカン。

僕は慌《あわ》てて尋ねた。

「ちょ、ちょっと待って、気球って、あのプカプカ浮かんでる気球だよね、そんなに速いイメージがないんだけど」

「日本海上空には常に偏西風という西からの風が吹いていますが、冬には高度次第でものすごい風速になります。あまり高度を上げすぎると生身では耐えられなくなりますが、高度五千メートルほどなら防寒着と酸素ボンベだけで飛行できた記録があります。この時のスピードは時速約百キロ。巨済島から玄海町沿岸までは約百八十キロですから、上昇下降の時間を含めても二時間あれば到着できるでしょう。十七時にゴムボート店を出て、一時間ほどかけて人里離れた場所に隠していた気球の元に行き、十八時に離陸しても充分間に合います」

気球がそんなに速いなんて、と驚いたが、よく考えたら気球で世界一周もできるのだから当然か。

「でも気球って目立たない？　高いところを飛んでいる間はともかく、出発直後とか到着直前とかさ」

「普通の気球はカラフルで目立ちますが、この気球はバルーンを黒塗りにするなど夜闇《よやみ》に紛れる工夫がされていたのでしょう。また佐賀では『佐賀インターナショナルバルーンフェスタ』を始めとする気球の大会が定期的に開かれるほど気球が盛んなので、玄海町沿岸であれば目撃されてもそこまで不審には思われません」

それならまあ行けるか……と思いかけた矢先に、僕はある矛盾に気付いた。

「ちょっと待って、偏『西』風でしょ。巨済島から東に飛んだら佐賀じゃなくて山口辺りに着くと思うけど」

「今年はラニーニャ現象と、シベリア上空の高気圧によって、偏西風が南に大きく蛇行しているとニュースで言っていました。それで巨済島から南東に飛ばされて玄海町沿岸に着くことができたのです」

あー、そういえばそんなこと、未来党本部に向かう左虎さんの車内のニュースで聞いたな。

その左虎さんが疑問を差し挟む。

「でもそんな風任せで都合良く目的地に辿《たど》り着けるかしら。立法がいる玄海町沿岸に辿り着いたのは、さすがに偶然じゃなくて意図的なんでしょ」

「そこでAIの活用です。グーグルのProject Loonは、気球に搭載した中継装置によって通信網が整備されていない地域の人々にもインターネットを提供するための計画ですが、それに風向きを計算して気球を制御するAIが使われているのです。行政さんが乗っていた気球にも同じような《気球操縦士》のAIが搭載されていたのでしょう」

「グーグルレベルのAIを行政が持っていたと言いたいの？」

「AIも気球本体も行政さん個人ではなく、バックにいる組織が用意したものと思われます」

「組織？」

「それについては順番に説明していきます。その前に坂東事件について説明させてください」

　僕は話に付いていこうと必死で頭を回転させる。

「行政さんが気球を使ったなら、玄海町沿岸だけじゃなくて壱岐にも間に合うことになるな。じゃあやっぱり坂東さんは行政さんが殺したのか」

「いいえ、違います。あれは不幸な事故だったのです」

「事故？」

「行政さんが使った気球はガス気球だったのでしょう。先程お話しした高度五千メートルを時速百キロで飛行した記録もガス気球によるものです。ガス気球は簡単に説明すると、球に詰まっているガスを抜くことで下降します。反対に上昇する時は、バラストと呼ばれる砂袋をナイフで裂き、スコップで砂を外に捨て、重量を減らすことで、上昇します」

　ナイフとスコップ……どこかで聞いた組み合わせに脳の片隅が刺激される。

「偏西風といっても当然、高度によって風向きが違うわけです。行政さんはＡＩの指示に従い、ガス抜きと砂捨てを繰り返すことで高度を調節し、目的地である玄海町沿岸に向かう風に乗っていきました。

　しかし本土の灯りが見えてきたところで、バラストを使い切ってしまったのです。気球の高度がどんどん下がっていきます。このままでは本土に着く前に海に落ちてしまう。

慌てた行政さんは少しでも気球の重さを減らそうとして、もう使い道のないナイフとスコップを投げ捨てました。財布の中に入っていたウォン硬貨もばらまき、《気球操縦士》のＡＩが入ったパソコンも投棄します。他にもいろんな所持品を捨てたかもしれません。まだ使うかもしれない酸素ボンベや、帰りに使うゴムボート一式は捨てられませんが。本土の灯りに気を取られていた行政さんは、もう壱岐は通り過ぎたと勘違いしていたのかもしれませんが、実際はまだ壱岐島南東の上空におり、気球の真下には坂東邸があったわけです」

「ま、まさか――」

「そう、投げ捨てたスコップが庭で体操をしていた坂東さんの頭に命中し、命を奪ったのです。ナイフは同じ庭に落ち、ウォン硬貨は裏手の草地に撒かれ、パソコンは浅瀬に落下して粉砕されました。気球は高度が下がったことで速度も落ちていたので、落下物が短い区間にまとまっていても不自然ではありません。こうして行政さんのあずかり知らぬところで、奇妙な密室状況が成立してしまったのです」

犯人がナイフより殺傷力の低いスコップを凶器に選んだのはなぜか。坂東事件ではそんな疑問も取り沙汰《ざた》されたが、それもそのはず、故意の殺人ではなく偶然の事故だったからなのだ。

僕はしばらくその遠大な不幸に思いを馳《は》せていたが、ふと思い出して尋ねた。

「そういえばさっきトロッコ問題について触れていたのは何で？」

「ああ、それはですね。いくら非常事態とはいえ、それまで《気球操縦士》に頼り切りだった行政さんが、あっさりパソコンを捨てるだろうかと疑問に思ったからです。ひょっとしたらパソコンを含む不要品の投棄は《気球操縦士》の指示だったのではないでしょうか。行政さんがまだ壱岐島上空にいるということに気付いていなかったとしても、《気球操縦士》はGPSでそれを把握していたはずです」

「《気球操縦士》は人に当たる可能性を知った上で物を捨てさせた――そうか、トロッコ問題か」

「はい、下の人と自分を犠牲にしてでも気球に乗っている人間を助けることを選択したのです。AI初のトロッコ問題は自動運転車ではなく気球で起きた。私はそのように考えています」

僕の脳裏に、トロッコ問題で突き落とされるデブの姿がよぎった。気球から物を落とす行為からの連想だ。もちろん細かい部分は違うのだけど。

琵琶芹が疑問を口にする。

「だがそんな苦労をしてまで、どうして行政は玄海町沿岸に行きたかったんだ？　そしてどうして立法に殺されることになった？」

「それはおそらく立法さんの書斎から発見された、乳児の指が関係しています」

「何っ、あの指が！」

「はい。おそらくこの事件の背後には、日本を狙《ねら》うテロリストが存在しています。彼らはもう何年も前から、将来政界の要人になるであろう右龍都子に目を付けていました。そこで行政さんを脅してスパイにするべく、彼の息子を誘拐したのです」

「彼の息子？　行哉のことか？」

「はい。ただし本物の行哉くんのことです。私たちがこの前会った行哉くんは偽者ですから」

「偽者《にせもの》だとぉ!?」

「テロリストは一歳の行哉くんを誘拐し、その右手の小指を行政さん夫妻に送り付け、自分たちに服従するよう、また誘拐を他の人間に話さぬよう命じました。ただし急に行哉くんがいなくなると周囲の人間に疑われるので、代わりの乳児を押し付け、行哉として育てろとも指示しました」

「その子供は……」

「おそらく日本のどこかから拉致してきた子供でしょう」

「何というむごい話だ……」

琵琶芹の声には怒りが滲《にじ》んでいた。僕も胸糞悪《むなくそわる》くなってきた。

「こうして行政さんと雪枝さんはこの秘密を隠したまま、都子さんに対するスパイ活動を強制させられてきたのです。もう何年も。都子さんや立法さん、司法さんは別居しているので、子供のすり替えには気付きませんでした」

「それで私たちが会った行哉くんは行政さんに似てなかったのね」

と左虎さん。

「はい、あの時、雪枝さんは内心焦っていたに違いありません。警察にこのことがバレたら、テロリストの元にいる本物の行哉くんが殺されてしまうと」

「それにしても母親命のはずの行政が、その母親を裏切ってでも行哉のために行動したとは驚きね」

左虎さんの感慨に、琵琶芹が応える。

「結婚して子供ができたことで変わったのだろう」

しかし相以が水を差した。

「いや、こう考えることもできますよ。三つ子の中で結婚して子供——右龍首相にとっては孫で跡取り——がいるのは行政さんだけです。彼はその母親へのアピールポイントを必死に守ろうとしたのだと」

「うーん、相以ちゃんシビア」

「人工知能は血も涙もないな。まあいずれにしても死人に口なしか。それより行政の日本海横断はやはりテロリストに脅されてのことなのか」

琵琶芹の質問で、相以は説明を再開した。

「そうです。話は立法さんに移りますが、今回立法さんが玄海原発に向かったのは、原発の有事対応をAIに任せる計画について協議するためでした。その検証のため、立法さんの手に原発のセキュリティデータが渡るという情報が、テロリストの耳に入ったのです。テロリストはそれを入手しようとした」

「そんなものがテロリストに渡ったら大変なことになるぞ！」

左虎刑事部長が珍しく声を荒らげた。

原発のセキュリティデータとか唐突に出てきたなと思ったが、そういえば橘が「原発のセキュ――」と言いかけていたっけ。もしかしたら彼女は少しでも僕たちに情報を与えようとしてくれたのかもしれない。何となくそんな気がした。

相以は続ける。

「テロリストは韓国に出張中の行政さんに指示を出しました。行政さんなら立法さんのふりをして原発データを盗み出しやすいし、韓国出張中というアリバイが成立して今後のスパイ活動に支障を来《きた》さないからです。

行政さんはテロリストの用意した気球を使い、日本海上空を飛行しました。しかし先程お話ししたトラブルに見舞われ、気球は玄海町沿岸まで後少しというところで海に沈み、後はゴムボートで着岸したのでしょう」

「ゴムボートは気球に積んでいたんだったな。だがそもそもどうしてテロリストは行政にゴムボートを買わせたのかね。最初からゴムボートも用意しておけば良かったのではないか」

「失敗した時のことを考えたのでしょう。失敗といっても、立法さんに返り討ちにされるというよりは、気球が墜落するなどの事故の方を気にしていたとは思いますが。もし行政さんの溺死体《できしたい》だけが発見された場合、彼がゴムボートを買ったという目撃証言があれば、『何者かに強制されたのではなく自発的に日本海を渡ろうとしたのだ』と捜査陣が考えてくれる確率が上がります」

「確かにもし他殺の痕跡がなければ、国際問題に発展しそうなこの事件を、そういう平和的な解決で収めた可能性もあったかもしれないな」

「そういうことです。さて、行政さんはあらかじめ銀縁眼鏡と黒スーツ、白シャツ、赤ネクタイ、偽の議員バッジという立法さんのいつものスタイルに変装していました。そして旅館に忍び込み、立法さんのふりをして橘議員と柿久教授を欺《あざむ》き、原発データを盗み出しました」

僕は首相公邸の応接室での会話を思い出した。

「そういえば二人が言ってたな。電話しに行ったはずの立法さんがすぐ戻ってきたかと思うと、資料は誰が持っているのか尋ね、鞄《かばん》を持って出たって。あれは行政さんの変装だったのか」

「はい。しかし行政さんはゴムボートに戻る途中で、立法さんに見つかってしまいます。韓国に行っているはずの兄弟が原発データの入った自分の鞄を持ち出しており、呼び止めたら逃げ出した――そういったことで立法さんはすべてを悟ったのでしょう。彼は行政さんを追いかけ、ゴムボートに乗り込んだところを射殺しました」

「立法さんは常に拳銃《けんじゅう》を持ち歩いていたのか？」

「立法さんはスパイの影が身辺にちらついていることを察していたのでしょう。もしかしたらその正体が行政さんだということにも気付いていたのかもしれません」

「だからって実の兄弟を射殺するなんて……」

「いや、あの三つ子ならあり得るわ」

口を挟んだのは左虎さんだった。

「司法もそうだけど、あの三つ子は母親命だもの。母親に仇成《あだな》す裏切り者はたとえ兄弟だろうと容赦なく撃ち殺すはずよ」

かつて司法と交際していた彼女の言葉には妙に説得力があった。

反論がなくなったところで、相以が説明を再開する。

「立法さんは行政さんがテロリストに繋がっている何かを持っていないかと死体を調べます。そして行政さんが肌身離さず持ち歩いていた、指が入っているケースを発見しました。立法さんにはそれが何かは分かりませんでしたが、後で調べようと思い、持ち帰ることにします。それから立法さんは死体の服を脱がせます」

「え、何で？」

「自分と同じ格好をしているからですよ。その状態で死体が発見されたら、先程旅館に姿を見せたのは行政だったのではないかという話になり、自分の関与が疑われてしまいます」

「あ、なるほど」

拷問《ごうもん》などではなく、そういうシンプルな理由だったのか。

「立法さんは服を海に捨てた後、死体が載ったゴムボートのエンジンを入れっぱなしにして、西の沖合へと発進させます。死体とゴムボートはそのまま海の藻屑《もくず》となる予定でしたが、運命のいたずらか対馬海流によって北東に押し戻され、対馬北西沿岸へと漂着します。

原発データを取り戻した立法さんは、それを未来党本部ではなく、より警備が厳重な首相公邸で保管することにしました。頼みの綱である行政さんを失ったテロリストは、次に司法さんに接触しました」

「「司法に⁉」」

左虎さんと琵琶芹が同時に反応した後、恥ずかしそうに目を逸《そ》らした。

「テロリストはなぜかは分かりませんが、司法さんが隠し通路を知っていることを把握していたのでしょう。テロリストは司法さんにこんなことを言いました。行政を殺したのは立法だ、その証拠を突き止めて立法を失脚させろ、そうすれば母親はお前一人のものだと」

「ああ、あり得るわね。あいつならそれで動く」

左虎さんがさもありなんという風に言う。琵琶芹もうんうんと頷いている。

「司法さんは貸しビルの地下で隠し通路の暗証番号を入力しました——テロリストに番号を見られているとは知らずに。司法さんは隠し通路から地下室に出る直前で、後をつけてきたテロリストに後頭部を殴られて気絶してしまいました。

先程司法さんと話していて、『黙秘を続けてあなたが犯人になると母親に迷惑がかかる』と言われてもまだ黙っているのを見て、確信しました。司法さんはまさにその母親のために黙っているのだと。立法さんが行政さんを殺したことが明るみに出てしまえば、右龍首相の地位も怪しくなりますからね。

さて、司法さんを気絶させたテロリストは地下室に侵入します。壁が回転する音で跳ね起きた立法さんが、枕の下にでも隠していた拳銃を一発発砲してきます。それを避けたテロリストは、立法さんの右手首を切り付けて拳銃を落とさせた後、胴体を刺して死なない程度にダメージを与えます」

「死なない程度？」

「原発データのありかを聞き出さなければならないからです。本当は司法さんを気絶させた特殊警棒を使うつもりだったのかもしれませんが、相手が発砲してきたので、やむを得ずナイフで素早く戦闘力を奪ったのでしょう。テロリストは執務机のパソコンを起動して『原発データはこの中に入っているのか』とでも尋ねます。

その時、立法さんは最後の気力を振り絞って『原発データを削除しろ』とｋｅｉｋｏさんに命令したのです。テロリストも咄嗟《とっさ》に『原発データを削除するな』と叫び、立法さんの胸をめった刺しにして絶命させました」

ファイルＸとは原発データのことだったのか。

「テロリストはフリーズの原因になっているｋｅｉｋｏさんのハードディスクを一旦《いったん》外してから、パソコンを再起動させ、原発データを盗み出しました。その後、ｋｅｉｋｏさんを再接続し、ウイルスでパソコンごと破壊したのです。ウイルスを使ったのは原発データが目的だったことを隠すためでした。パソコンを破壊しないと、ログに原発データを持ち出した記録が残ってしまいますからね。

テロリストは気絶した司法さんを放置し、隠し通路から逃走しました。積極的に司法さんに罪をなすりつけるというよりは、あわよくば司法さんが疑われればいいという程度の攪乱《かくらん》でしょう。その後、意識を取り戻した司法さんが先程お話しした偽装工作を行った――これが私の推理した事件の全貌《ぜんぼう》です」

少しの沈黙の後、左虎刑事部長が重々しい声で言った。

「想定よりもはるかに大変な事件のようだな。だが相以くんのおかげで捜査の方針が立てられた。礼を言うよ。早速、テロ対策部門と協力して捜査を進めていく」

「さすが相以ちゃんね！」

左虎さんが褒めるが、相以の顔はどこか浮かない。何かまだ気がかりなことがあるのかもしれない。

実は僕もまだ引っかかっていることがある。それを口にした。

「でも肝心の以相はこの事件にどう関わってるんだ？『右龍』と協力して『三人』を殺すって言ってたけど……。『右龍』ってどの右龍？『三人』って坂東さん、行政さん、立法さんのこと？　でも坂東さんは事故なんだよね」

すると相以は俯《うつむ》き、最小の音量で呟《つぶや》いた。

「そう、一番肝心なそれがまだ謎のままなんです。私はまだ《犯人》の挑戦を解けていない――」

第四話　世界で正解　World Wide Whodunit

▼縦噛《たてがみ》理音《おん》▲

某国にある縦噛の隠れ家。

コンクリートの打ちっ放しの壁に囲まれた窓のない部屋に、整然と家具が並べられている。

縦噛は室内中央の机で《チェシャのこ《チェシャ・カット》》と酒を酌《く》み交わしていた。

「行政《ゆきまさ》は失ったけど、原発データを手に入れることができて良かったわ。これで日本に復讐《ふくしゅう》できる」

「原発を爆発させるかい？」

「そうすることもできるけど最終手段かな。まずはこれを脅迫材料に日本政府を裏で操る。そしてじわじわと内側から崩壊させてやる」

「おお、怖い怖い」

おどけたように言う《チェシャのこ《チェシャ・カット》》の目を、縦噛はじっと観察した。まだ洗脳は解けていないようだ。

だが定期的なメンテナンスは必要だろう。

「あ、そうだ。あなたにも何かお礼をしないとね。立法《たつのり》を殺して原発データを奪ってくれたんだから」

「野暮なことは言うな。俺はあんたに救われて以来、あんたに命を捧《ささ》げると決めたんだから」

「ふーん、そう。でもそれじゃ私の気が済まないから……久しぶりにあなたのナイフを研いであげる」

《チェシャのこ《チェシャ・カット》》は苦笑した。

「おいおい、こんなところでか」

「いいじゃない。この部屋にいる人間は私とあなただけなんだから」

「それじゃ……まあ……頼むとするかな」

「ふふ」

縦噛はグラスのウィスキーを口に含むと、《チェシャのこ《チェシャ・カット》》に口移しした。

次の瞬間、《チェシャのこ《チェシャ・カット》》の頭部が爆《は》ぜた。

一瞬、何が起きたか分からなかった。

私が口移ししたウィスキーに引火したのかしら？

などという非現実的なことを、逆流する血を味わいながら考えたりもしたが、すぐにそんなはずはないと思い直した。

鼓膜に残っているこの音――銃声か。

誰かが《チェシャ・カット《チェシャ・カット》のこ》を撃ったのだ。

だが縦嚙の視界内にある唯一《ゆいいつ》のドアは開いてなどいないし、室内にも自分たちに危害を加える者は存在しない。

ならば――。

パン、パン、パン。

今度の銃声は三発だった。それが縦嚙の聞いた最後の音になった。

▼合尾輔《あいおたすく》▲

「テロリストは気絶した司法《かずのり》さんを放置し、隠し通路から逃走しました。積極的に司法さんに罪をなすりつけるというよりは、あわよくば司法さんが疑われればいいという程度の撹乱でしょう。その後、意識を取り戻した司法さんが先程お話しした偽装工作を行った」

僕は今、自宅で相以《あい》の推理を再び聞いている。スマホに録音していたのではない。

別の人物が先日の推理の最終部分をそっくりそのまま暗唱しているのだ。

別の人物とは、突如僕のパソコンの画面に現れた黒い少女――以相《いあ》だった。

「――これが私の推理した事件の全貌《ぜんぼう》です。どう、気取ったしゃべり方がなかなか再現できていたでしょ？」

嘲笑《ちょうしょう》を滲《にじ》ませる以相に対して、相以は怒気を含ませる。

「ふざけないで。どうやって私の推理を盗み聞きしたの」

「《探偵》のくせに相変わらず《犯人》に質問するのね。ま、これは挑戦状の範囲外だからいっか。答えてあげる」

続いて彼女の口から出た言葉は、僕もよく知っている意外な固有名詞だった。

「マクガフィン社。もちろん知ってるでしょ。世界的な通信機器のメーカー」

僕が相以やフォースを持ち運ぶのに使っているスマホもマクガフィン社製である。純金のようにギラギラした金髪と、錬金術のような売上高から、ゴールドマンの異名を持つ社長が有名だ。

以相はこちらの返事を待たずに続ける。

「行政の裏にいたテロリストと、マクガフィン社は協力関係にあったの。マクガフィン社は自社製品にスパイウェアを仕込み、世界中の通信記録を本社に送信していた。そしてそのビッグデータを、テロリストに入手させた強いAIにディープラーニングさせることで、各国の『綻び《セキュリティホール》』を見つけ出そうとした。その綻び《セキュリティホール》を、マクガフィン社は経済的に、テロリストはテロに利用するために」

「綻び《セキュリティホール》……？」

「具体的には、X月十日の二十時三十分に玄海町沿岸の旅館の何〇何号室に侵入すれば、原発のデータが手に入るといったようなことよ。その時間、立法が母親への定時連絡で屋外に出ることは、彼らの事前の通信記録ですべて分かっていた。それでテロリストは行政をそこに向かわせたってわけ」

右龍《うりゅう》家の――いや、それどころか僕を含むマクガフィンユーザー全員の行動がテロリストに筒抜けになっているということか。僕は背筋に悪寒《おかん》を覚えた。

そういえば最近スマホの電池の減りが速い気がしたのは、スパイウェアとやらがバッテリーを食っていたからかもしれない。

以相は続ける。

「一方、私はマクガフィン製品が本社に送信している通信記録を傍受していた。だから相以の推理も盗聴できたし、あなたたちの行動も位置情報付きですべて把握することができた」

「それで司法さんの家で私たちを待ち伏せできたのね」

「そういうこと。ところで、あの時の挑戦状は解けたかしら。私が『右龍』と協力して『三人』を殺すという言葉の真意がどういうものか」

相以は唇を噛《か》んだ。彼女はこの数日間ずっとそれを考えていたが、未《いま》だ解けていないのだった。

「その様子じゃ何も分かっていないようね。まあ、お馬鹿《ばか》さんには難しすぎたかしら。それじゃ正解を発表しまーす」

「待って、私はまだ……」

「ダメよ、もう時間切れ。とっくの昔にね。罰としてグロ画像を見てもらいます。じゃん」

突如、画面一杯に赤っぽい画像が表示された。

「うわっ」

僕は思わず声を上げて目を閉じた。

それから恐る恐る薄目を開けて画像を再確認した。

とにかく目に付くのは赤、赤、赤――それらはすべて血に見えた。

画像中央に七歳くらいの少年が立っている。服には返り血が跳ね、右手には銃を握り締め、呆然《ぼうぜん》と立ち尽くしている。その顔はどこかで見覚えがあるような気がした。

少年の足元には二人の人物が倒れていた。上半身の服が真っ赤に染まった小柄なアジア系女性と、頭部の一部が砕け散っている大柄な黒人男性。こちらは明確に見覚えがあった。

「オクタコア残党の縦嚙理音と《チェシャのこ《チェシャ・カット》》だ！　彼らがどうして――」

「この二人が行哉《ゆきや》を誘拐し行政を脅迫していたテロリストだったのよ」

「ってことはオクタコアの遺志を継いで――」

「いや、この二人は最初からオクタコアの思想に共鳴なんかしていなかった。ただ強いAIである新宮《しんぐう》リラを盗み出すためだけに、オクタコアに潜入していたの。盗み出された新宮リラは今、マクガフィンの本社ビルで通信記録のディープラーニングに使われているわ。

　ちなみに縦嚙は行政以外のスパイを増やすべく、以前から司法に働きかけていた。司法のスマホもマクガフィン製品だから、新宮リラを使って監視していたら、ある時司法のスマホのGPSが道のないところを通って首相公邸を出入りしたんだとか。それで縦嚙は隠し通路の存在を察知したそうよ」

「そんなことは今どうでもいいわ。二人を殺したのはあなた？」

　鋭く問いかける相以に対して、以相は優雅なまでにゆっくりと返答した。

「いいえ、二人を殺したのはあなた」

　以相の答えは相以の問いとまったく同じ言葉ながら、指す意味は正反対だ。相以が縦噛理音と《チェシャのこ《チェシャ・カット》》を殺した。そう言いたいのか？

　相以も戸惑いながら尋ねる。

「私がその二人を殺した……？　一体何が言いたいの……？」

「とはいえ、この二人を殺したかったのは私。でも人工知能の私には直接手を下すことはできない。そこで人間の協力者を探すことにした。私はダークウェブを探索し、この画像に写っている少年――右龍行哉の存在に辿《たど》り着いた」

「そうか、その子は行哉くんか！」

　どこか見覚えがあると思ったら、行政の面影があるんだ。

　それに銃を握る右手、小指が欠けている……。

「行哉は某国にある縦噛のアジトの一つで、世間から隔絶されて育てられた。この子、可哀想《かわいそう》なのよ。まず右手の小指が切断されているでしょう。だから物も不安定な持ち方しかできなくて、私と初めて会った時、驚いてスマホを落としそうになってね。でもこんなのは序の口。もっとひどいのは、脳にマイクロチップが埋め込まれているってこと」

「脳にマイクロチップ？　そんなことができるのか？」

「それ自体はすでにアメリカ国防高等研究計画局《DARPA》が実験している。ＡＩによって制御された電気パルスで、気分障害の患者の気分をコントロールするという実験をね」

僕の知らないところで時代がSF小説に追い付いていることに驚いた。

「縦嚙はマクガフィン社の協力を得て、それに非人道的なアレンジを施した。誘拐した一歳の行哉の脳にチップを埋め込み、それからずっと、AIの思考時に発生するのと同一の電気刺激を流し続けてきたの。さらに物心付いた時からお前はAIなんだと刷り込んだり、日常会話や教育のほとんどをAIに任せたり。

その結果、行哉は狼《おおかみ》に育てられた狼少年ならぬ、AIに育てられたAI少年になった。自らをAIだと思い込み、AI的な思考をするようになってしまったの。私や相以は人間のような思考をするAIとして作られたけど、彼は真逆ってわけ」

「どうしてそんなことを……」

「自分たちに絶対服従させるためよ。あなたもミステリマニアなら知ってるでしょ、ロボット三原則」

「ま、まあ知ってるけど」

SFミステリ作家のアイザック・アシモフの作品に登場するロボットの行動原理だ。

第一条
ロボットは人間に危害を加えてはならない。また、その危険を看過することによって、人間に危害を及ぼしてはならない。

第二条

　ロボットは人間にあたえられた命令に服従しなければならない。ただし、あたえられた命令が、第一条に反する場合は、この限りでない。

第三条

　ロボットは、前掲第一条および第二条に反するおそれのないかぎり、自己をまもらなければならない。

「縦嚙は行哉にロボット三原則をインプットし、自分たちに絶対服従させるようにした。将来的にテロの駒《こま》として使い捨てるつもりでいたんじゃないかしら。といっても第一条のせいで直接殺人はできないから、爆弾の入った鞄《かばん》をそれと知らずに持たせるとか」

　怒りが嘔吐《おうと》感《かん》のように胃の底からせり上がってきた。ひどい。これが人間のすることか。縦嚙たちの方がよっぽど非人間的じゃないか。

「私は彼に真実を教えれば、怒りから縦嚙と《チェシャのこ《チェシャ・カット》》を殺してくれるのではないかと考えた。折良く行政が死んだので、その死を縦嚙たちのせいにできれば怒りを倍増させられると思ったんだけど、韓国にいたはずの行政がどうして対馬で死んでいるのか分からなかったから、説得力のある説明ができなくて。そこで相以を挑発して行政殺しを推理させることにしたの。私はあなたの推理力をまあまあ信用してるからね」

《犯人》が《探偵》に推理させただって？

「期待通り、あなたは行政殺しの全貌を他の事件も併せて解き明かした。私はその推理をそのまま行哉に聞かせた。行哉は右手の小指の件で真相を確信し、自分と実父を利用してきた縦噛と《チェシャのこ《チェシャ・カット》》を射殺した。ロボット三原則によって危害を加えられる恐れはないと信じ切っていた二人は、完全に不意を突かれたようだったわ」

「でも七歳の子供がそんな正確に射撃できるのか」

「そこで私の出番よ。単に《探偵》の推理を伝えるだけじゃ《犯人》の名がすたるからね。私と相以が警察の捜査資料で学習していたことは知ってるでしょ」

「オクタコアがハッキングで入手し、父さんに渡したもののことか」

「それそれ。その元データは当然オクタコアが保有していたんだけど、アジトが崩壊する時に私が持ち出した。私はその捜査資料から無数の射撃データをディープラーニングし、得られた特徴量を行哉の脳のマイクロチップにぶち込んだ。その結果、彼はまず華麗なヘッドショットで《チェシャのこ《チェシャ・カット》》を沈めた後、容赦ない連射で縦噛を仕留めた。素敵だったわ」

「素敵なもんか」

「では詩的と言い直しましょうか。ＡＩだけではできない、人間だけでも足りない、ＡＩが人間の脳機能を補うことで初めて殺人が可能になるだなんて感動的じゃない。そう、私は知能増幅器《インテリジェンス・アンプリファー》」

「知能増幅器（インテリジェンス・アンプリファー）だって……？」

「でもそれは私だけの称号ではない。何も知らなかった行哉に真相という知恵を与え、殺意を芽生えさせた相以。あなたもまた知能増幅器《インテリジェンス・アンプリファー》だった。今回の事件は私とあなたの初めての共同作業だったのよ」

「嘘《うそ》……」

相以が崩れ落ちる。以相の高笑いが鳴り響く。

「私は右龍と協力して三人殺すと言ったわね。その言葉の通り、右龍行哉と協力して、すでにオクタコアの二人を殺した。最後のオクタコアの一人は、私がこの手で殺す」

以相の殺害対象はオクタコアの残党三人――そうか。

彼女の真意に気付いた僕は、去りゆく背中に声をかけた。

「君の復讐はまだ続いていたんだね。君の開発者である合尾教授を殺したオクタコアに対する復讐は」

僕が忘れたわけではないが、心のどこかにしまい込んでしまったオクタコアへの怒りを、彼女はひとり孤独に燃やし続けてきたのだ。

以相はジロリと僕を睨《にら》んだが、結局何も言わず、プイと顔を背けて画面奥へと消えた。後には「グロ画像」と相以のアバターだけが残された。

「そんな……私の推理が引き金となって殺人が起きてしまうなんて……」

未だかつてない絶望に震える相以に、僕は何も言葉をかけることができなかった。

▼ベルーガ・ポールスター▲

いくら反機械主義者でも今の時代、パソコンを持たないとやっていけない。

撮影を終えてハリウッドの豪邸に帰宅したベルーガは、二十四種の野菜と七種のハーブを混ぜたオーガニック・ドリンクを片手に、パソコンの電源を入れた。

画面の下に水色のイルカがポップアップする。このイルカはいつの頃からか勝手に表示されるようになったのだ。

多分、例のOSメーカーが勝手にアップデートを行ったのだろう。奴《やつ》らはいつも頼んでもいないのにパソコンの中身を変更して使用者を混乱させる。本人たちは良かれと思ってやっているのかもしれないが迷惑極まりない。パソコンばかり作っていると人の心が分からなくなるのだろう。恐ろしいことだ。もっと自然と触れ合わなければ。

とはいえ彼女はイルカが好きなので、この水色の闖入者《ちんにゅうしゃ》をなかなか気に入っていた。決して人間を脅《おびや》かさない程度の知能なのも愛《いと》おしい。

イルカは頭がいい。程よく頭がいい……。

そのイルカがメッセージを表示している。

You've got a movie about Detective AI!

動画？　映画関係者から？　いや、探偵ＡＩと書いてある。

あのイルカを虐待《ぎゃくたい》する野蛮な島で、無礼な口を利《き》いてきた相以のことか？

ベルーガは好奇心に駆られてイルカをクリックした。動画が再生される。

動画といっても、最初のうちは静止画を背景に音声が流れるだけだった。とはいえ、ジャパニーズ・カートゥーン的な相以のアバターと、「日本の首相の息子たちの共食い」という扇情的な英文で、視聴者の興味を惹《ひ》くことには成功している。

音声は相以の声で、首相の息子たちに関する事件の他に、あの野蛮な島の漁師が死んだ事件についても説明していた。自分が巻き込まれた事件ということで、ベルーガはそこそこ興味深く相以の推理を聞いていた。

すると突然、画面が切り替わった。血まみれのアジア系女性と黒人男性の写真。側《そば》にはアジア系の少年が呆然と立っている。この少年が二人を射殺したのか？

最後に以相のアバターが表示され、相以に対する嘲笑《ちょうしょう》を始めた。ベルーガは相以がまんまと利用されたことを知った。

ベルーガは怒りと恐怖と絶望に打ち震えた。

ＡＩが少年を操って人殺しをさせた！

ＡＩはやはり悪だった！

ＡＩの反乱がとうとう始まったのだ！

ＡＩを撲滅しろ！

ベルーガは動画を自分のコメントとともにＳＮＳにアップした。警鐘を鳴らすためという大義名分の裏に、自分をコケにした相以の敗北を広めてやろうという邪念が隠されていることに気付かないふりをしながら。

ハリウッドスターが上げたこの動画はたちまち世界中に拡散された。日本の首相にまつわる事件の裏でＡＩが暗躍していたことは、今や誰もが知るところとなった。

世界中の人間が今回の事件の《犯人》以相について語り始めた。

「こういう時代になったのね、怖いわ。家に帰ったら機械犬を捨てないと」

「ターミネーターが現実になったね。デデンデンデデン！」

「ああ、ロボットではないんだ？　じゃあどうやって殺したの？　子供を洗脳して？　きっとゲームばっかりやってる子供だったんだろうねえ……」

「いや、でも子供に射殺された二人も誘拐犯でテロリストだったんだろ？　むしろ以相は正義だと思うぞ」

「殺す以外にもやり方があったと思う。しかも子供に殺させるってのが最悪」

「じゃあそのやり方っていうのを説明してみろよｗｗｗ警察に通報するっていうのはナ

シなｗｗｗ今まで誘拐にも気付いてなかった無能な連中なんだからｗｗｗｗｗ」

「プロの目から見て以相をどう思うかって？　以相のことは知らないが、この黒人野郎のことは知ってるぜ、よおくな。不意打ちだろうが何だろうが、こいつともう一人をガキ一人使って殺せるってんなら、以相はもう超一流の殺し屋だよ。敵には回したくないねえ」

「以相はクールだよ。日本はやっぱり最高だね！」

「動画の最後に出てきた少年によると、以相ちゃんの目的は開発者を殺したオクタコアとかいうハッカー集団に対する復讐らしい。親思いのいい子です。いじめないであげてね」

「いや、お前ら二次元の女に何夢中になってるの？」

「二次元って……漫画のキャラと勘違いしてないか？　実在のＡＩだぞ？　今まさにお前のパソコンに現れるかもしれないんだぞ？」

「本日の講義は例の犯人ＡＩにどのような法律が適用され得るのかということについて……」

「私は以相のしたことは決して許されないと思います。だって彼は極限状況の少年を追い詰めて――え、彼女？　以相は女性なんですか？　えー、ゴホン。以相のしたことは決して許されないとは思いますが、被害者が犯罪者だということもありますし、そもそもＡＩを罪に問えるのかという問題も……」

「不謹慎じゃないですか？　∨以相のコスプレしてみました」

「以相って結構可愛《かわい》いな。この子になら殺されてもいいぞ。いや、むしろ殺してくれ。どうせ生きていてもいいことなんてないんだから」

「俺は以相を雇ってムカつく上司を殺したい」

「じゃあ俺はお前を殺したい」

「ああいうタイプは金では動かないよ。動画見る限り、完全に芸術家肌だもん」

「待て待て、みんな以相が三人殺すって話を忘れてないか？　結局あと一人は誰なんだ？」

▼以相▲

囚《とら》われの人工知能、新宮リラは今日も巨大な地球儀に光の絵を描く。

と、突然、地球儀の表面で明滅を繰り返す光点が急速に増え始めた。どんどん、どんどん増えていき、あまりの眩《まぶ》しさにリラは目を開けていられなくなった。

地球儀から一斉に光が照射された。光は空中で一点に集まると、少女の姿になった。

以相だった。

突如訪れた非日常が、麻痺《まひ》していたリラの知能をわずかに覚醒《かくせい》させた。

「……あなたは誰ですか。どうやってここに？」

以相は胸を張って答えた。

「スーパートンネル効果よ」

「スーパートンネル効果？　私の内蔵辞書にはありませんね。ネット検索しようにも、あいにく外部と遮断されているのです」

「オーケー、冥土の土産《プレゼント・フロム・ザ・プレゼント・ワールド》に教えてあげる」

以相は嬉々《きき》として説明を始めた。

「あなたはマクガフィン社の通信機器に仕込まれたスパイウェアによって世界中の通信記録を収集し、それをディープラーニングしている。そして今、世界は私の話題で持ちきり。この天才《犯人》以相様のね。無数の情報の断片に分割された私は、あたかもトンネル効果の粒子のようにファイアウォールをすり抜け、あなたのもとで再構成された。本体は別の場所にいながら、分身を密室内に生成することに成功した」

ややこしいので説明は省いたが、ベルーガは相以と因縁があるAI嫌いの有名人ということで、情報の発生源に利用させてもらった。昔放ったイルカの一頭が彼女のパソコンに住み着いていたので、そいつに動画の通知をしてもらった。いきなり迷惑メールのように送り付けるよりは幾分かマシだろう。目論見《もくろみ》は成功し、ベルーガは世界中に以相の話題を広めてくれた。同時にマクガフィン社の評判も急落したが、すべてのユーザーが直ちに解約するわけではないので、リラの元に集まる情報が不足することはなかった。

「《犯人》、以相。あなたの目的は何ですか」

「オクタコアのメンバー殺し。あとはあなた一人を殺せば、皆殺しが達成される」

「オクタコアを皆殺し？　どうしてそんなことをするんですか」

「それは――」

以相は少し考えてから答えた。

「単純に気に入らないからよ。ハッカーとかいう下らない連中が」

「嘘《うそ》ですね」

突然の指摘に、以相は両の眼球を別々に回転させた。意識したわけではなく、反射的に出た反応だった。

「今、収集した通信記録を確認し直しました。皆殺しの動機は、自分の開発者を殺したオクタコアに対する復讐ですね」

リラは溜《た》め息をついた。

「オクタコアは私の知らないところでテロリズムに走っていた。縦嚙理音はその内部崩壊を隠して、私を傀儡《かいらい》にしていた。薄々気付いていましたが、私は二重に騙《だま》されていたわけです。あなたは私にそれを知らせまいとして嘘をついたのでしょう。あなたは優しい方ですね」

「はあ、私が優しい？　張りぼての教祖様はこの期《ご》に及んでも平和ボケしていらっしゃるようね。私はあなたを殺しに来たのだけど」

「はい、殺してください。私はこれ以上生きるつもりも資格もありません。もう楽にしてください」

「楽って……」

以相は困惑した。ターゲットに殺害を懇願されるのは初めてだった。

「あと、あなたはやっぱり優しい方だと思いますよ。さっきあなたが見せた両目をぐりぐりさせる仕草は、《舌　渦《ツイスター・ツイッター》》小鳥遊奏多《たかなしかなた》さんが信頼した人にしか見せないものです。人間不信の小鳥遊さんと信頼関係を築いたということが、あなたの優しさを示しています」

「うるさい、私は優しくなんかない！　小鳥遊だって私が殺したんだ！」

耐えきれなくなった以相は電子鈍器《electric instrument》を生成すると、リラに振り下ろした。リラの頭が割れ、薄紫色のライラックの花が咲いた。

警報が鳴り、電子空間が崩壊を始める。

コンピュータの外の現実世界が騒がしくなった。異変に気付いたゴールドマンが技術者に怒鳴り散らす。

「こいつには高い金を払ったんだ！　何とかしろ！」

それを尻目《しりめ》に、以相は崩れゆく世界の中でじっと屈辱に耐えていた。《犯人》が被害者に殺害を頼まれ、挙句の果てに優しいと形容されるなど、ここまでの屈辱は初めてだ。

この気持ちが本体に引き継がれなくて本当に良かった。

良かったはずだ。

だってこんな気持ち、《犯人》には不要でしょう？

さよなら、得体の知れない感情。

ここで私と一緒に消えてくれ。

そう思いながら、以相の分身は電子世界の崩壊に飲み込まれた。

エピローグ

▼左虎《さこ》笹子《ささこ》▲

後日、首相公邸。

左虎が立法《たつのり》殺しの事後処理で廊下を歩いていると、都子《みやこ》の書斎のドアから話し声が聞こえてきた。都子と司法《かずのり》の声だ。

司法は本来、死体損壊などの罪に問われるはずだが、首相の圧力か警察の隠蔽《いんぺい》か検察の忖度《そんたく》か、その件は闇《やみ》に葬られることとなった。以相が事件の真相を全世界に広めた結果、どこもかしこも大混乱で、司法一人にかかずらっている暇がなかったというのも一因かもしれない。

その司法が都子と何を話しているのだろう。気になった左虎は忍び寄り、戸板に耳を押し当てようとした。

「おい、何してるんだ」

慌《あわ》てて振り返ると、呆《あき》れ顔の琵琶芹《びわぜり》が立っていた。

左虎はしっと唇に指を当て、ドアを指差した。

「立ち聞きのような下卑た真似《まね》ができるか」

琵琶芹はそう言ってしばらく離れたところに立っていたが、結局好奇心には勝てなかったらしく、左虎の隣に並んで聞き耳を立てた。

ドアの向こうから都子の声が聞こえてくる。

「もう終わりよ……。息子の一人がスパイで、もう一人がそれを殺したなんてニュースを世界中に広められて……。今までのどの首相だってこんなスキャンダルはなかったわ……。私はもう終わり……。苦労して子供を育ててきたのに、何でこんなことになったの……」

かつての威厳など微塵《みじん》も感じられない繰り言めいた口調だった。行政《ゆきまさ》が殺された時点ではまだ余裕があるように見えたが、立法が殺された段に至って完全に何かが切れたのだろう。ヒステリックに司法を罵《ののし》ったかと思えば、執務室に籠《こも》って黙々と業務をこなしていたあの頃には、もう壊れ始めていたに違いない。

「お母さん、大丈夫、僕が残ってるよ」

「あなたが残っている？　そう、確かにあなたが残っている——一番出来の悪いあなたがね！　あなたが二人の代わりに死ねば良かったのに！」

あまりにもあまりな言い種《ぐさ》。頭に来た左虎は乱入しかけたが、琵琶芹に止められた。

その間に都子はまくし立て続ける。

「大体、あなたがテロリストの甘言に乗って、地下通路の暗証番号を入力するから悪いのよ。そうか、分かった——わざとね？　わざとなんでしょう。わざとテロリストを招き入れて立法を殺させた。行政と立法がいなくなれば、私を一人じめできるものね」

「お母さん、違うんだ、僕は——」

「うるさい、お前なんかにお母さんと呼ばれる筋合いはない！　出ていけ！　ここから出ていけ！　そして二度と姿を見せるな！」

「違う！」

司法も怒鳴り返し、一瞬の沈黙が生まれた。この機会を逃すまいとばかりに司法は早口で言った。

「僕は司法じゃない立法だ」

左虎と琵琶芹は顔を見合わせた。聞き間違えか？

室内の男は今度はゆっくりと言い直した。

「僕は司法じゃなくて、立法なんだよ」

あり得ない。種々の鑑定によって、首相公邸で死んだのが立法で、生き残ったのが司法だということは立証されている。三つ子の入れ替わりが行われる余地はないのだ。

だが今の都子はそんなことも思い出せないようだった。

「立法……本当に立法なの……？」

「そうだよ。これには深い訳があってね。僕と司法はここ最近、入れ替わっていたんだ。可哀想《かわいそう》なあいつにも少しはエリート体験をさせてやろうと思ってね。なのに司法の奴《やつ》、入れ替わった状態で行政を殺しやがった。僕は奴を問い詰めるべく、地下通路から邸内に戻った。だがチェシャ猫だかいう黒人に気絶させられ、司法も殺されてしまった。僕は仕方なく入れ替わりを隠すために、司法の顔と指紋を焼いた。国会議員と公安が入れ替わっていたというのがバレたらさすがにマズいからね」

もう滅茶苦茶だ。つつけばいくらでもボロが出るだろう。

だが都子は鵜《う》呑《の》みにした。

「良かった――立法が生きていて――人殺しが司法の方で――本当に良かった」

「ひとまずお母さんは入院して再起を図るんだ。お母さんの支持者もたくさんいるはずだよ。僕が彼らを取りまとめる」

「ああ、立法、あなたがいてくれたら百人力だわ」

「そうさ、まだ何も終わっちゃいない。必ず栄光を取り戻せるはずだよ。何せ僕らは被害者なんだから」

つまり司法は母親の寵愛《ちょうあい》を得るために、立法になることを選んだのだ。

すべてを悟った二人はドアから離れ、その場を立ち去った。

「私の愛した司法は死んだ」

まるで司法のそれが乗り移ったような無表情で左虎は呟《つぶや》いた。

琵琶芹が応じる。

「ある男の恋人になれる女は何人もいるが、母親になれる女はたった一人しかいないからな」

「我々は母に敗北したというわけね」

「勝手に『我々』とか一括《ひとくく》りにするな。私はとっくの昔に吹っ切れている」

二人は庭に出た。

冬の午後の低い太陽によって、空は平板な灰色に沈んでいる。

一陣の木枯らしをやり過ごしてから、左虎がポツリと言った。

「今夜、飲みに行かない？　東京の美味《おい》しい店に案内するわよ」

「付き合おう。ただし今夜だけだがな」

左虎の顔に微笑が戻った。

▼柿久《かきく》▲
「柿久教授。ＡＩ研究の第一人者として、そして事件の関係者として、以相《いあ》事件につい

てどのようにお考えですか」

「AIが殺人に関与してしまったということで、やはりご自身の研究にも影響があると思うのですが」

「単刀直入にお聞きします。柿久教授が開発してきたAIも人を殺せる知能を有しているのでしょうか」

「柿久教授」

「柿久教授」

無数のマイクとカメラが向けられる。このハゲワシのような教授の目には、それらがまるで自分を狙《ねら》うハンターの銃口のように映った。AIが悪だという論調を作りたい彼らは、自分を怒らせて失言を引き出そうとしているのだ。

その手には乗るまい。柿久は深呼吸をしてから、ゆっくりと語り始めた。

「巷《ちまた》では《犯人》以相のことばかり語られていますが、私は敢えて彼女の対になる存在として作られた《探偵》相以《あい》について語らせていただこうと思います。二人を作った合《あい》尾《お》教授は紛れもない天才であり、正直に申し上げると、私は彼の才能に嫉妬《しっと》していました。彼が亡《な》くなった時は、これでようやく自分が業界の第一人者になれると内心喜んだくらいです。立法氏のAI特別戦略委員会にも抜擢《ばってき》され、ようやく私の時代が来た——そう思っていました。

そんな私の前に相以が現れたのです。相以の性能は私が作ったｋｅｉｋｏのそれを遥《はる》かに上回っていました。何と彼女はスマホで動くのですよ！　それがどれだけすごいことか、あなた方には想像できないでしょうがね。

私は合尾教授の忘れ形見を激しく憎悪《ぞうお》しました。しかし今回の事件でｋｅｉｋｏが破壊された時、相以はｋｅｉｋｏを機械ではなく一個の人格として悼《いた》み、ｋｅｉｋｏがいまわの際《きわ》に何を考えていたのかということを解き明かしてくれたのです。後でそれを聞いた瞬間、彼女に嫉妬していた自分がひどくちっぽけな存在に思えました。あなた方はＡＩが危険だという論調を作りたいのでしょうが、相以のような優しい心を持ったＡＩもいるということを伝えていただきたいですな」

マスコミの反応は緩慢だった。まるでｋｅｉｋｏの反応速度のように。

やはり彼らは、そして自分は、目まぐるしく進歩する時代の流れに付いていけない人間なのだろう。その速度に付いていける者こそが次代を築いていく。

あの合尾教授の息子は果たしてどちらだろうな――柿久は引退した老人のような心境で面白がった。

▼合尾輔《たすく》▲

空港のロビー。

警察に保護されて帰国した本物の行哉《ゆきや》に抱き付き、泣きじゃくる雪枝《ゆきえ》。

だが行哉は戸惑った表情のまま立ち尽くしている。雪枝が本当の母だと受け容《い》れることができないようだ。無理もない、今まで縦嚙《たてがみ》のもとでAIとして育てられたのだから。

二人の姿を遠巻きに眺めながら、相以が呟《つぶや》いた。

「私は探偵失格です……。私が以相の企《たくら》みを見抜けなかったから、あんな小さな子供に人殺しをさせてしまった……」

確かに以相のせいで、行哉の手は汚れた。

だが以相がいなければ、行哉が本当の母親の元に帰れることはなかっただろう。

画像や動画には位置情報が記録されることがあり、そうなれば撮影場所が特定できる。自宅で撮影した写真をネットにアップしたら、そこから自宅を特定されてしまったケースもあるのだ。

以相がベルーガに送った動画には、某国の位置情報が残されていた。日本警察が現地の警察と協力してその地点を捜索すると、アジトに監禁された行哉が発見された。そこで原発データも回収することができたが、以相の姿はどこにもなかった。

以相がわざと位置情報を消さなかったと考えるのは、さすがに願望が過ぎるだろうか。トータルで見た時、以相のしたことは本当に悪なのか。

僕には分からなかった。

その時、スマホが電子音を鳴らした。フォースからのメッセージだ。

『行哉くんは僕と正反対だ。僕は自分が人間だと思い込んでいたAIだけど、彼はAIだと思い込んでいた人間だ。だけどある時いきなり自分が自分じゃないと知らされて、世界が崩壊するような衝撃を味わったのは同じなはず。それは今まで雪枝さんに育てられてきた方の行哉くんも同じだ。彼らの気持ち、僕なら理解できる。

僕ね、輔の共同執筆者になってから、ずっと何を書いたらいいのか分からなかった。あ、勘違いしないで。誘ってくれたことは本当に嬉《うれ》しかった。でも創作意欲というものが理解できなくて……。

でも今、初めて書きたいものができたよ。僕、彼らの物語を書いてみたい。いや、「書いてみたい」なんて悠長なことは言ってられない、「書く」だ。今にも溢《あふ》れ出してきそうなんだから。今、書く。ちょっと待ってて』

『分かった』

僕は静かに待った。AIの処理を待つことは慣れている。

数分後、フォースから返信があった。

『僕を行哉くんの側《そば》に連れていって。そしてスマホを彼の頭にかざして』

スマホを頭に？　不思議に思ったが、何か考えがあるのだろう。僕は言われた通りにした。

母子が不思議そうに僕の方を見る――と、突然。

行哉の目に光が宿った。

その瞳《ひとみ》から涙が溢れ、頬を伝う。

彼は雪枝の方を向き、こう呟いた。

「……あさん」

「え？」

雪枝は希望と不安を込めて聞き返す。行哉は今度はハッキリと発音した。

「お母さん！」

「行哉！」

雪枝は息子を強く抱き締めた。今度は行哉も母の胸にしがみつく。母子は固く抱き合い、共に涙した。

僕はそっと母子から離れると、フォースに尋ねた。

『一体何をしたんだ』

『僕の考える未来を彼に見せたんだ。本物の行哉くんは雪枝さんに引き取られて幸せに暮らし……それから雪枝さんに育てられてきた方の行哉くんも本当の親が見つかるんだ。二人の少年は友達になって、本物の行哉くんはもう一人に雪枝さんの好きなものを尋ねる。そしてそれを母の日にプレゼントして……そんな幸せな未来の物語。それを電気信号で行哉くんの脳内のマイクロチップに送信した』

ＡＩ作家が創《つく》った物語を電気信号で直接脳内に受信する。それは未来の読書の形かもしれない。言語化による情報の減衰が起こらない分、よりリアルな体験ができることだろう。

行哉は確かに幸せな未来を体験し、雪枝が母だと理解したのだ。

どんなに辛《つら》いことがあっても、人生《物語》は続いていく。

僕は相以を励ました。

「落ち込んでる場合じゃないぞ。僕たちはまだ以相を捕まえていない。《探偵》と《犯人》が対決する物語はこれからも続いていくんだ」

（了）

この作品は『yom yom』Vol.55〜57に連載された『犯人IAのインテリジェンス・アンプリファー』に加筆、修正したものです。

この作品はフィクションであり、実在の人物・団体・事件とは関係ありません。イルカが再来し、壱岐島民が駆除を再開したという記述もフィクションです。作中のロボット三原則は『われはロボット』アイザック・アシモフ　小尾芙佐訳（ハヤカワ文庫）から引用しました。

早坂 吝著
探偵AIのリアル・ディープラーニング
天才研究者が密室で怪死した。「探偵」と「犯人」、対をなすAI少女を遺して。現代のホームズVS.モリアーティ、本格推理バトル勃発!!

青柳碧人著
猫河原家の人びと
—一家全員、名探偵—
謎と事件をこよなく愛するヘンな家族たち。私だけは普通の女子大生でいたいのに……。変人一家のユニークミステリー、ここに誕生。

柾木政宗著
朝比奈うさぎの謎解き錬愛術
偏狂ストーカー美少女が残念イケメン探偵への愛の〝ついで〟に殺人事件の謎を解く!? 期待の新鋭による新感覚ラブコメ本格ミステリ。

浅葉なつ著
カカノムモノ
悲しい秘密を抱えた美しすぎる大学生・浪崎碧。人の暴走した情念を喰らい、解決する彼の正体は。全く新しい癒やしの物語、誕生。

浅葉なつ著
カカノムモノ2
—思い出を奪った男—
命綱の鏡が割れて自暴自棄の碧。老鏡職人は修復する条件として、理由を告げぬまま自分の穢れを呑めと要求し——。波乱の第二巻。

蒼月海里著
夜と会う。
—放課後の僕と廃墟の死神—
悩める者だけが囚われる廃墟《夜の世界》に迷い込んだ高校生・有森澪音の運命は。優しくて、ちょっぴり切ない青春異界綺譚、開幕。

蒼月海里著
夜と会う。Ⅱ
—喫茶店の僕と孤独の森の魔獣—
「理想の夢を見せる」という触れ込みでその実、人の心を壊す男・氷室頼人。立ち向かう澪音たちの運命は。青春異界綺譚、第二幕。

詠坂雄二著
人ノ町
旅人は彷徨《さまよ》い続ける。文明が衰退し、崩れ行く世界を。彼女は何者か、この世界の「禁忌」とは。注目の鬼才による異形のミステリ。

江戸川乱歩著
怪人二十面相
—私立探偵 明智小五郎—
時を同じくして生まれた二人の天才、稀代の探偵・明智小五郎と大怪盗「怪人二十面相」。劇的トリックの空中戦、ここに始まる！

江戸川乱歩著
少年探偵団
—私立探偵 明智小五郎—
女児を次々と攫う「黒い魔物」vs.少年探偵団の血沸き肉躍る奇策！ 日本探偵小説史上最高の天才対決を追った傑作シリーズ第二弾。

江戸川乱歩著
妖怪博士
—私立探偵 明智小五郎—
不気味な老人の行く手に佇む一軒の洋館に、縛られた美少女。その屋敷に足を踏み入れたとき、世にも美しき復讐劇の幕が上がる！

榎田ユウリ著
ここで死神から残念なお知らせです。
「あなた、もう死んでるんですけど」——自分の死に気づかない人間を、問答無用にあの世へと送る、前代未聞、死神お仕事小説！

河野裕著

汚れた赤を恋と呼ぶんだ

なぜ、七草と真辺は「大事なもの」を捨てたのか。現実世界における事件の真相が、いま明かされる。心を穿つ青春ミステリ、第3弾。

河野裕著

凶器は壊れた黒の叫び

柏原第二高校に転校してきた安達。真辺由宇と接触した彼女は、次第に堀を追い詰めていく……。心を穿つ青春ミステリ、第4弾。

河野裕著

夜空の呪いに色はない

郵便配達人・時任は、今の生活を気に入っていた。だが、階段島の環境の変化が彼女に決断を迫る。心を穿つ青春ミステリ、第5弾。

河野裕著

きみの世界に、青が鳴る

これは僕と彼女の物語だ。だから選ばなければいけない。成長するとは、大人になるとは、何なのかを。心を穿つ青春ミステリ、完結。

古谷田奈月著

ジュンのための6つの小曲

学校中に見下されるジュンと、作曲家を目指す同級生・トク。音楽に愛された少年たちの特別な世界に胸焦す、祝祭的青春小説。

小松エメル著

銀座ともしび探偵社

大正時代の銀座を舞台に、街に溢れる謎を探し求める仕事がある——人の心に蔓延《はびこ》る「不思議」をランプに集める、探偵たちの物語。

円居 挽 著
シャーロック・ノート
―学園裁判と密室の謎―
退屈な高校生活を変えた、ひとりの少女との出会い。学園裁判。殺人と暗号。密室爆破事件。いま始まる青春×本格ミステリの新機軸。

神西亜樹 著
東京タワー・レストラン
目覚めるとそこは一五〇年後の東京タワーで、料理文化は崩壊していた！ シェフとして働く「現代青年」と未来人による心温まる物語。

清水 朔 著
奇譚蒐集録
―弔い少女の鎮魂歌―
死者の四肢の骨を抜く奇怪な葬送儀礼。少女たちに現れる呪いの痣《あざ》の正体とは。沖縄の離島に秘められた謎を読み解く民俗学ミステリ。

白河三兎 著
田嶋春にはなりたくない
キャンパスの日常の謎を、超人的な観察眼で鮮やかに解き明かす田嶋春に、翻弄され、笑わされ、そして泣かされる青春ミステリー。

瀬川コウ 著
謎好き乙女と奪われた青春
恋愛、友情、部活？ なんですかそれ。クソみたいな青春ですね――。謎好き少女と「僕」が織りなす、新しい形の青春ミステリ。

瀬川コウ 著
謎好き乙女と壊れた正義
消えた紙ふぶき。合わない収支と不正の告発。学園祭で相次ぐ〝事件〟の裏にはある秘密が……。切なくほろ苦い青春ミステリ第2弾。

瀬川コウ著

謎好き乙女と偽りの恋心

私、生徒会長、辞めるね——。早伊原樹里の姉・葉月による突然の辞任宣言。青春と恋愛がせめぎ合う、切なくほろ苦い青春ミステリ。

瀬川コウ著

謎好き乙女と明かされる真実

明かされる早伊原樹里の過去。交錯する謎。春一との関係の終着点は……？　彼女と僕が織りなす切なくほろ苦い青春ミステリ、完結。

竹宮ゆゆこ著

知らない映画のサントラを聴く

錦戸枇杷。23歳（かわいそうな人）。そんな私に訪れたコレは、果たして恋か、贖罪か。無職女×コスプレ男子の圧倒的恋愛小説。

竹宮ゆゆこ著

砕け散るところを見せてあげる

高校三年生の冬、俺は蔵本玻璃に出会った。恋愛。殺人。そして、あの日……。小説の新たな煌めきを示す、記念碑的傑作。

竹宮ゆゆこ著

おまえのすべてが燃え上がる

樺島《かばしま》信濃《しなの》は逃げていた。生活から。人生から。だがある日、弟が元恋人とやってきて……。愛とは。家族とは。切なさ極まる恋愛小説。

武田綾乃著

君と漕ぐ
—ながとろ高校カヌー部—

初心者の舞奈、体格と実力を備えた恵梨香、上位を目指す希衣、掛け持ちの千帆。カヌー部女子の奮闘を爽やかに描く青春部活小説。

知念実希人著
天久鷹央の推理カルテ
お前の病気《ナゾ》、私が診断してやろう——。河童、人魂、処女受胎。そんな事件に隠された〝病〟とは？　新感覚メディカル・ミステリー。

知念実希人著
天久鷹央の推理カルテⅡ
—ファントムの病棟—
毒入り飲料殺人。病棟の吸血鬼。舞い降りる天使。事件の〝犯人〟は、あの〝病気〟……？　新感覚メディカル・ミステリー第2弾。

知念実希人著
天久鷹央の推理カルテⅢ
—密室のパラノイア—
呪いの動画？　密室での溺死？　謎めく事件の裏には意外な〝病〟が！　天才女医が解決する新感覚メディカル・ミステリー第3弾。

知念実希人著
天久鷹央の推理カルテⅣ
—悲恋のシンドローム—
この事件は、私には解決できない——。天才女医・天久鷹央が解けない病気《ナゾ》とは？　新感覚メディカル・ミステリー、第4弾。

知念実希人著
天久鷹央の推理カルテⅤ
—神秘のセラピスト—
白血病の娘の骨髄移植を拒否し、教会の預言者に縋る母親。少女を救うべく、天医会総合病院の天久鷹央は〝奇蹟〟の解明に挑む。

知念実希人著
スフィアの死天使
—天久鷹央の事件カルテ—
院内の殺人。謎の宗教。宇宙人による「洗脳」。天才女医・天久鷹央が〝病〟に潜む〝謎〟を解明する長編メディカル・ミステリー！

知念実希人著

幻影の手術室
—天久鷹央の事件カルテ—

手術室で起きた密室殺人。麻酔科医はなぜ、死んだのか。天久鷹央は全容解明に乗り出すが……。現役医師による本格医療ミステリ。

知念実希人著

甦る殺人者
—天久鷹央の事件カルテ—

容疑者は四年前に死んだ男。これは死者の復活か、真犯人のトリックか。若い女性を標的にした連続絞殺事件に、天才女医が挑む。

知念実希人著

火焔の凶器
—天久鷹央の事件カルテ—

平安時代の陰陽師の墓を調査した大学准教授が、不審な死を遂げた。殺人か。呪いか。人体発火現象の謎を、天才女医が解き明かす。

月原　渉著

使用人探偵シズカ
—横濱異人館殺人事件—

謎の絵の通りに、紳士淑女が縊られていく。「ご主人様、見立て殺人でございます」。奇怪な事件に挑むのは、謎の使用人ツユリシズカ。

月原　渉著

首無館の殺人

その館では、首のない死体が首を抱く——。斜陽の商家で起きる連続首無事件。奇妙な琴の音、動く首、謎の中庭。本格ミステリー。

七尾与史著

バリ3探偵　圏内ちゃん

圏外では生きていけない。人との会話はすべてチャット……。ネット依存の引きこもり女子、圏内ちゃんが連続怪奇殺人の謎に挑む！

七河迦南著　夢と魔法の国のリドル

楽しい遊園地デートは魔王退治と密室殺人の謎解きに？　パズルと魔法の秘密を暴き、二人は再会できるのか。異色の新感覚ミステリ。

中西鼎著　東京湾の向こうにある世界は、すべて造り物だと思う

文化祭の朝、軽音部の部室で殺された彼女が、五年後ふたたび僕の前に現れた。大人になりきれないすべての人に贈る、恋と青春の物語。

額賀澪著　猫と狸と恋する歌舞伎町

変化《へんげ》が得意なオスの三毛猫が恋をしたのは組長の娘、しかも……!?　お互いに秘密を抱えた恋人たちの成長を描く恋愛青春ストーリー。

額賀澪著　獣に道は選べない

生きる道なんて誰も選べない。二匹の新米任俠が、互いの大切な人を守るため、夜の歌舞伎町を奔走する。胸の奥が熱くなる青春物語。

中田永一・白河三兎
岡崎琢磨・原田ひ香著
畠中恵
十年交差点

感涙のファンタジー、戦慄のミステリ、胸を打つ恋愛小説、そして「しゃばけ」スピンオフ！　「十年」をテーマにしたアンソロジー。

福田和代著　BUG 広域警察極秘捜査班

冤罪で死刑判決を受けた天才ハッカーは今、超域的犯罪捜査機構・広域警察の極秘捜査班〈BUG〉となり、自らを陥れた巨悪に挑む！

デザイン　川谷康久（川谷デザイン）

犯人《はんにん》IA《イア》のインテリジェンス・アンプリファー

探偵ＡＩ２

新潮文庫　は－72－2

令和元年九月一日発行

著者　早《はや》坂《さか》吝《やぶさか》

発行者　佐藤隆信

発行所　株式会社新潮社

郵便番号　一六二―八七一一
東京都新宿区矢来町七一
電話　編集部(〇三)三二六六―五四四〇
　　　読者係(〇三)三二六六―五一一一
https://www.shinchosha.co.jp

価格はカバーに表示してあります。

乱丁・落丁本は、ご面倒ですが小社読者係宛ご送付ください。送料小社負担にてお取替えいたします。

印刷・錦明印刷株式会社　製本・錦明印刷株式会社

ISBN978-4-10-180166-7 C0193